想定外の老年

納得できる人生とは

曽野綾子
Sono Ayako

WAC

まえがき

このエッセイの題を付けるとき、私の心にもう一つの題の候補が浮かんだことを今でも覚えている。それは「蓑虫《みのむし》の恍惚《こうこつ》と不安」とでもいうものである。

私も幼い時、今よりも虫を見るのが好きだった。蓑虫が一本の糸だけを頼りに、枝からぶら下がり、風に吹かれるままに揺れているのを見て、よくあんな細い糸でぶら下がっているものだと感心した。筒型の蓑の中に生きている虫が入っているのだと教えられて、蓑を破ってみたこともある。ハダカの蓑虫の姿は、詳細には覚えていないが、みじめで無防備そのものという姿だった。私は昆虫少女ではなかったのだが、今でも私は昆虫観察を趣味とする性格の人が好きなのである。

私の印象に残ったのは、蓑虫は豪快な怠け者なのか、それとも小心な隠居なのか、一体どちらなのだろう、という疑問だった。

もし豪快な怠け者なら、蓑虫は、外の景色（社会の心理の部分までを含めて）すべてを知り尽くしながら、蓑の中で我関せずと決め込み、時には外部のすべての存在を愚か者の悪あがきと感じて、一人ブランコの揺れを楽しんでいるのだろう。もし蓑虫が、「人一倍」ではなく、「虫一倍」臆病者なら、この無様でただやたらに厚い蓑は、あらゆる外部からの刺激――暑さ寒さ、風雪、日照り、攻撃的な外敵など――から守ってくれているようにみえる。この楯か、今風にいうと防弾チョッキのような蓑を、幼い私は羨んだ節がある。よほど守られることに憧れていたのだろう。

しかし、蓑虫風に生きることなど通常人間には許されない。殊に小説家という仕事には考えられない。小説家という仕事は、蓑を剝《む》かれた、か、初めから蓑のない存在である。守ってくれる組織も、社会的地位もない。すべての生きる手段もその結果も、自分で引き受ける他はない。

少なくとも私の作家としての心情は、風に揺られる蓑虫に似てはいた。ただし蓑なしのみにくい虫である。それでも裸の蓑虫は、いわば絶対の自由を手にしているはずである。

世間は非常識を、その人にとっては運命のマイナス点と考えるようだが、私はそれを自分に与えられた幸福と思うことにした。働き蟻になって毎日労働するより、蟬になって短い一生を鳴いて終わるのより、裸でぶら下がって風に吹かれる方がまだましか、と思うことにしたのである。

身勝手、という態度がいいというわけではない。しかし、自分の生き方は本質的にも最終的にも、自分で決める他はない。誰もその責任を負えないのだ。いいから決めたというだけでもない。仕方なく決めた、という場合も多い。しかしそれが人間の人生というものだ。いいも悪いも、人生は一度しか試せないのだから、いたしかたないのだ。

そう思うと、いいことが二つだけあった。

自分の人生をどうにか納得できる、のと、何とか諦められる、のとの二つの操作が可能になったのである。しかしこれは実は非常に大切なものなのであった。多くの人の不幸は、この二点に到達していないから、摩擦が深まるのである。

ここに集められたエッセイが、裸の蓑虫の、見かけは悪いが一つの生き方を示すことに成功しているとは決して思っていないが、時代を映しながら、自分の心理の投影をも果たしつつ、その有り様を書き留めたいとする私の思いは変わらなかったように思っている。

二〇一三年　初秋

曽野綾子

想定外の老年
——納得できる人生とは

目次

装幀／神長文夫＋柏田幸子
本文写真／佐藤英明

第1章

信仰のおかげで〝いい加減〟になった

私は最近或る雑誌に、エボラ出血熱をテーマにした小説を書いた。これは非常に高い死亡率をもつウイルス性の感染症で、どれがほんとうに最初の発生例なのかは、必ずしもはっきりしないようである。

アフリカのウガンダとケニアの国境にまたがり、スーダンにも近いエルゴン山の麓、アフリカの「熱帯雨林の島」と言ってもいいところで、シャルル・モネという名の、祖国を捨てて放浪の生活を送っていた一人のフランス人が、女友達と洞窟を探検した後で、激烈な症状を起こして死亡したケースは、かなりはっきりしているようだが、何が原因で、どのような経路で感染が広がり、どのような防疫体制のもとで一応の終息を見たのか、まだよくわかっていない。

『エボラ　殺人ウイルスが初めて人類を襲った日』の著者のウィリアム・T・クローズは、その著書のエピローグの中で次のように書いている。

「一九七六年、エボラ・ザイールが初めて激発してのち、ザイールの経済は崩壊し、政治は混乱をきわめ、国全体が奈落の底へ落ちていった。三年後、別のエボラの菌株が南スーダンで荒れ狂った。それはエボラ・ザイールと同様、ある日現われ⋯⋯人々を殺し、そして忽然と姿を消した」

このテーマは、ここ数年間、私の頭から離れないものだったが、それはいつも私の小説作法の過程が示すように、なにか治り切らない腫《は》れ物が心理の一部にかさぶたのようになって残った、という感じのものだった。そのかさぶたを剥《は》がすとまだ血が滲《にじ》むような状態なのだが、かと言って、普段は全く痛みもしない傷口である。

しかしこのテーマが忘れられなかったから、私は数年前、コンゴ民主共和国の首都から約五百キロ離れたキクウィトという田舎町《いなかまち》まで行く機会に恵まれた。一九七六年にエボラの爆発的な流行の地となった所である。

今さらのことではないが、こうした疫病《えきびょう》のような異常事態は、人間の心の隠れた部分を炙《あぶ》りだすものだ。ことが起きなければ、人間は自分の心底を見つめなおさず、世間通りのいい形で心を隠しておきがちなのだ。

しかし疫病は、急激に、短時間のうちに、人生の意味を問いかける。ほとんど瞬間的に、その人に行動の選択を迫る。実に素朴な形で、人の命に長短という不平等があることを突きつける。病気がなぜ誰かを生かし、誰かを殺すのか、という根源的な疑問に対する納得を強制する。日常、私たちはたいていの問いに自分で答えが出せると思っているが、それが大きな錯覚《さっかく》であることを見せつける。

現代の日本人は、正義が好きである。いや、日本人だけでなく、アメリカ人も正義が好きだ。日本人は観念的に正義を好み、正義が万人に備わりさえすれば、人間の抗争も無意味な死も、ほとんど防ぐことができる、とさえ考えている。日本人の意図する正義は、多くの人にその希求さえあれば、ほとんど犠牲を強《し》いずに実現可能なものなのだ、と思っているふしがあるが、アメリカ人の中には、正義は時には死をもってなし遂げるほかはないという絶体絶命の部分を、日本人よりは身近に意識しているような気がする。

コンゴのヤンブクやキクウィトなどという辺境の地で、エボラが猖獗《しょうけつ》を極めた時、そこで多くの究極の人間性の形が示された。医療関係者の中にも、踏み留まる人と逃げ出す人がいた。病気にかかって生死の境をさまよったあげく、或る人は死に、或る人は重篤《じゅうとく》な症状を脱出した。幸運な人と不運な人ははっきりと分かれたのである。

コンゴの各地に展開していた或るイタリアの女子修道会は、たった三十数日の間に、実に十人の看護婦だった修道女たちをエボラで失った。彼女たちは、その危険を知りつつ、家族や医療関係者が次々と倒れたり逃亡したりして、看護人を失った隔離病棟の任務を受け持ち、そこで命ある限り働いて死んだ。

誰にもそういう点はあるのだろうが、私もこのごろ、自分は世の中の異分子で理解されにくいと思うようになった。私とは全く偉大さも方向性も違うが、七七パーセントにも達した死亡率を示すエボラの隔離病棟の危険を知りつつ看護を続けた女子修道会のシスターたちの勇気ある非凡な生涯も、世間ではほとんど理解されない。十人のうち七、八人は「なんでそんな無謀なことをするんでしょうね」と言って終わりである。

私に言わせると、人がその無謀とも見える自分好みの生を選ぶのは、「仕方がない」ことなのである。自分がそこに居合わせたこと、自分が修道女になったこと、あたかも自分の生き方を試すようにエボラが発生したこと。そのすべてが「仕方がなかった」のだ。

この「仕方がない」という状態を受け止めるのはいけない、もしかすると、自分の力で改変できるかもしれないことを放棄しているという卑怯《ひきょう》さの匂いさえする、と言われれば、確かにそうでもある。しかし私にとっては「運命に流される」という姿も大切だ。むしろそれこそ人間的だ、とさえ思う。だから最近、そうした生き方に惹《ひ》かれるのである。

自分が異分子かもしれない、という違和感は強いて言えば、私の信仰とかなり関係はあると思う。その前にはっきりしておきたいのは、私は自分の周囲の同宗教の人と比べて、誰よりも自分の信仰がいい加減だということを感じているという点だ。謙遜《けんそん》でそう言っているのではない。私の性格が俗世の蒙昧《もうまい》に塗《まみ》れているし、毎日毎日の生活では「差し当たり楽ならいい」とか「人との約束は大事」とかいう実利主義が先行していて、信仰のために犠牲をささげるということもあまりしない。

ミサの中で一般の信者が祭壇の上に上がって、主に聖パウロの書簡の一部を読む個所がある。その朗読をするという役は、当日ミサを挙げる神父が決める。聖書は今でも全文全ての漢字にカナがふってあり、活字も大きいのだから、私でも人前で間違えずに読むことはできるのだが、私は長い信者の生活の中で、実は一度もその役を果たしたことがない。

私はミサに行くと、心理的にも俯《うつむ》き、後方に席を取って、その上さらに前に座っている人の後ろで体を隠している。とにかく私は神の前の劣等生だから、祭壇から遠くにいるようにしているのである。だからと言って神の視線から逃れられるわけではない、と知ってはいるのだが……。

私と神との関係はそんなようなものだ。しかし身を隠そうとすることは、私が神の存在を信じているということにはなる。「地震、雷、火事、親父」を恐れる人は、少なくとも、それらの存在を身をもって知っているということは明らかだ。

最近、世間でベストセラーになっている本の一冊に、マイケル・サンデル教授の『これからの「正義」の話をしよう　いまを生き延びるための哲学』がある。まだ億劫《おっくう》で読めないこの本を買ったきっかけは、或る日テレビで偶然ハーヴァード大学の講義を映している番組があったからだ。これがそれほど有名な講義なのだとは知らずに、私はさまざまな人種の学生の顔や、講義を聞く態度や、教壇の上を歩き回りながら講義する教授の姿をおもしろがって眺めていた。

それで私は本を買ったのである。しかしそれをどうしても読む気力がない。読めば必ず私の末梢神経《まっしょうしんけい》を刺激してくれる知的収穫があると思うのだが、正義という言葉にひっかかっていて、読めないのである。

正義は、旧約聖書では、ミスファト、ツエデク、ツエダカーなどいくつかのヘブライ語の表現で出てくるが、新約聖書ではパウロの使ったギリシャ語の「ディカイオシュネー」という言葉が主で、後は「マタイによる福音書」の中で「クリシス」という語が二度出てくるだけだ。

このディカイオシュネーという単語も、聖書の講義で知って以来、私の中で、初めは小さなイボのようなものとして気になり、そこがやがて浸潤《しんじゅん》を起こして汚くくずれ、それがかさぶたになって醜《みにく》く硬く残ったまま、という感じでしつこく残っているものである。

ダニエル・ロプスの『イエス時代の日常生活』という本は、若い時の私にとって目のさめるような書物であった。この書物と『ミシュナ』(ユダヤ教のラビたちの口伝の教えを紀元後に集大成したもの)を読んだことで、私はイエス自身が聖書の中で「すべてのことが実現し、天地が消えうせるまで、律法の文字から一点一画も消え去ることはない」(マタイによる福音書5・18)と言ったユダヤ教を、当時の現実的な生活の実態と共に学ぶことができたのである。

蛇足《だそく》だが、イエスはユダヤ教徒として一生を終えたが、ユダヤ教に根本的に造反した「謀叛人《むほんにん》」でもあった。今でもイスラエル人は、キリスト教徒のことを「新興宗教の人」と言う。

現代は正義に対する志向に溢《あふ》れた時代である。今や正義ほど、われわれの行く手を導く万人共通の社会的道徳を直截《ちょくさい》に示す言葉はないと言ってもいい。国際関係であろうと、労働条件であろうと、移民や難民の問題であろうと、あたかもクリスマスツリーのてっぺんに飾ることになっている大きな星のように、正義がその星の座を占め、方向を導くのである。

この星は言うまでもないが、イエス生誕の日に、占星術の学者の先に立って東方の空を進み、ついに彼らを幼子イエスの生まれた場所まで導いた、とされている星である。

この地球上で行われるあらゆる人間関係を正すことは、もちろんさわやかで気持ちのいいことだが、それはいわば、正義が水平方向に波及して行く状態を示す。少数民族が平等に扱われること、裁判で冤罪《えんざい》がなくなること、非人道的武器（毒ガス、核兵器、地雷、細菌兵器、クラスター爆弾など）が戦いで使われないこと、などが、正義の証として庶民までが漠然《ばくぜん》と感じている。

イエスの時代にも人それぞれに正義の概念はあった。ローマ皇帝の正義は、「勅令《エディクタ》」「指令《マンダダ》」「法令《デクレタ》」「勅裁書《レスクリプタ》」などに示されており、ローマ市民であったパウロはその立場を利用して、れっきとしたユダヤ人であったにもかかわらず「カイサル上訴権」を使った。

『申命記《しんめいき》』（16・20）の日本語訳は、「ただ正しいことのみを追求しなさい」となっているが、「新英訳」（NEB）聖書の同じ個所の英文を再び日本語に訳すると、「正義、正義のみを追い求めなさい」となるのだという。なぜ正義という言葉が二度繰り返されているかというと、「正義を正義にかなった方法で」追求しなければならないからだ。

ラビ・ピンハス・ペリーは『トーラーの知恵』の中で言っている。

「目標が正義にかなっていればそれに達する方法はどうでもよいわけではない」

正義を追求するあまり、自分の考えが絶対に正しいと言う人も、相手にも正義があると思うあまり自分の正義を放棄する人も、どちらも間違っているというわけだ。

正義は、社会において辺りを見回して決める水平志向の価値観にあるのではなく、むしろ神と自分という唯一無二の秘密の垂直志向の関係の中でこそ確立されるものだと、私は長年思ってきた。その結果、誰にでも通用する正義が存在しうると感じた上で正義を言い立てることに対する、羞恥《しゅうち》、ためらい、当惑、嫌悪《けんお》などで混濁《こんだく》した感情も大きくなった。

その点についてダニエル・ロプスは預言者イザヤが、

「わたしたちは皆、汚れた者となり正しい業もすべて汚れた着物のようになった」（64・5）

と述べた個所を挙げている。人間の正義は、時とするとすぐにいかがわしいものになるのだ。「汚れた者」「汚れた着物」と訳された箇所についてロプスは、フランス語や他の国語の訳も紹介しているが、そのもっとも痛烈なものは、今ここに書くのを憚《はばか》られるほどの不潔感を誇張したものである。「正義などというものは、不潔なものだ」ということだ。

私は人間の不潔さにもやや甘いほうである。清潔な人間よりむしろ臭い人のほうが人間として原型なのだと思っているからである。だが確かに現在でも、何らかの理由で長い間入浴をしないように見える人が電車に乗り込んできて、明らかに異臭を漂わせると、その人の隣に座るという人は極めて少ないだろう。

不潔か清らかかは別として、私は信仰によって少なくとも世間一般の評価からは、ずいぶん解き放たれたと思うことは多い。

乳がんに侵された女性が、乳房《ちぶさ》を失うことの悲しみを私は理性として分からないではないが、私自身は病気のために乳房の切除を受けてもほとんど悲しまないだろうと思う。神がその理由をご存知なら、それでいい。

昨今苛《いじ》めの問題が深刻になっている。私が子供で苛められたら、もちろん辛くないわけはない。しかし苛めの理由になるような原因を、一つも持ち合わさない子供というものも実はいないのだし、性格の弱い子供が苛める側に回る。そのからくりを神はご存知なのだ。

人は誇りを傷つけられることが一番辛い、という文章を先日読み、その後で私は自分の現状に吃驚《きっきょう》してしまった。私には、誇りなどというものが、実に一片もないということに気がついたのだ。私が庶民中の庶民の家庭に生まれ、先祖や家族の誰にも誇るべき人がいないというせいはあろう。しかし私は、生まれてこのかた、ずっとただ限りなく私である、ということだけでやって来た。

私が比類なく胃が丈夫で腐ったものを食べても当たらないとか、鈍な性格のおかげで一つの仕事を延々と数十年も続けられた、というようなことは、明らかにご先祖様からもらったDNAがそれに適していたおかげで、ただ感謝あるのみ。私の誇りではない。

お金や他の物質（財産）で私が幸運にもそれを使う権利を現在許されているものもあるが、それは現世で仮初《かりそ》めの所有権・使用権を期限付きでもらっているだけで、いつ取り上げられるか分からないものである。すべては神が決められることなのだ。

七十代半ばで、私は足首を骨折した後、イタリアの温泉に湯治《とうじ》に行った。その時、滞在した療養用のホテルのメニューに従って、毎日泥浴とマッサージの治療を受けた。その時以来、私は自分の裸体にもあまり羞恥《しゅうち》を覚えなくなった。

もちろん若い人の体じゃないのだ。日本式に言うとお見苦しいからできるだけ隠すほうがいいことはわかっている。しかしその体も神がお作りになり、老年という形で保管しておられるものだから、その醜さも神の制作だ、と私は考えたのだ。

私は信仰深くはないが、神の存在だけは感じているおかげで、人間がかなりおかしくなった。自分では人間のしがらみから解放された、と感じているが、世間からは「変な人間だ」と思われているだろうと薄々感じている。しかしそれを反省しようとも思っていない。うっかり反省すると私が私でなくなる。神が私を識別なされなくなると困るから、私は私のままでいる。

第2章　ヤムナ川の魚

自分は何より人道的な人物だ、と自分も思い、他人にもそう思われることに、今の人たちは熱心である。本来、正義とか人道とかいうものは、無言の行為であるはずなのだが、人々はむしろ、そのことについて語るのが好きなのである。

もちろん無言の行為もある。

二〇一〇年のクリスマス、匿名《とくめい》でランドセルを贈った人がいた。タイガーマスクというマンガの主人公である伊達直人《だてなおと》という名前だけが記されていたという。その後こうした匿名形式のプレゼントはさまざまな形で続き、そのこと自体は決して悪いこととは言えないが、私にはどうしても空々しく思える。最初に贈った人だけはほんものかもしれないが、しかし二人目からは、模倣《もほう》の感じがするのである。善行にどうしてケチをつけるのか、という非難を承知の上なのだが、私たちが贈り物をしたいときに贈るというのは、自分の快感のためだからである。

第一にそれは大したお金ではない。もちろん或る人にとっては大きなお金だし、人の真心を金銭の高で計るものではない、という言い方も真理なのだが、他方、できる時に出せるだけの金額を寄付するなら、誰にでもできる、という言い方も可能なのである。

世の中には或る意味で「苦労人」と尊敬を持って言われる人がいるが、国家にも「苦

労国家」と言って差し支えない国がある。イスラエルである。だからイスラエルの人たちには知恵がある。

彼らの多くはユダヤ教を信じているが、これは世界最古の一神教である。キリスト教はそのユダヤ教から発生した新興宗教と言われるグループである。なぜなら、その一部の教義を一八〇度転換してしまったのだから。

私はアラブの格言からずっと学び続けて来たが、ユダヤ人たちの知恵に与《あずか》るのも好きだ。彼らは、時々眼の覚めるような思想を教えてくれる。たとえば彼らは何か危険で重要なことをする時に志を同じくする人、つまり「同志」を「ダミーム」と呼ぶらしい。そして「ダミーム」には二つの必要な条件があるというのだ。それは同志なら、「血と金」を出す人であるはずだ、と定義していることである。

「血」は、血を流す恐れ、つまり生命を失うかもしれない危険を覚悟しているかどうか、ということである。「金」はそのことのために、自分の財産の大きな部分を差し出す決意があるかどうか、である。百円、千円の寄付なら誰にでもできる。しかし数百万円、数千万円、数億円の寄付をする覚悟があるかどうか、真心の真贋《しんがん》の分かれ目だということだ。お金の高は問題でない、という言い方もあるが、やはり大金を出すか出さないかが端的に心を表す目安になるというのは、一面で実に直截《ちょくさい》で現実的なことである。

ほとんど何の危険もおかす恐れのない行動なら、誰にでもできる。署名活動、デモ、ダイインなどのショウ的行動、義捐金《ぎえんきん》集めの音楽会に行ったりその開催のために働くことなどは、少しの危険もなくできて、むしろ多くの場合楽しくすらある。しかし大きな金を拠出《きょしゅつ》するということは、遊びではない。ほんとうにそのことのために心を尽くす人だけが、それを差し出せるのだ。これも極めて理解しやすい判断の物差しだろう。

第二に、その時だけの善行は、誰にでもできるということだ。人道的な行為は、多分長年にわたって継続できるかどうかが分かれ目なのだ。いつでも止めようと思えば止められる上に、自分の仕事に何ら差し障《さわ》りがなく、そのことによって少しの制約も不便も受けずに済み、かつその行為がただ単に楽しいと思えるようなことなら、むしろしない方がいいのだと私に教えてくださったのは、亡くなった坂谷豊光《さかたにとよみつ》という一人の神父だった。

神父は長崎五島の出身で、信仰が血肉となっていたすばらしい方だった。だから時には、その表現があまりにも意外なので、周囲が驚かされることもあった。或る日、神父は数十人のグループの人たちと競艇の見学に行った。神父と私は、盲人や身体障害者の人たちといっしょにイスラエルなどに巡礼《じゅんれい》の旅行をしていたので、国内でも時々同窓会をすることがあり、その年は競艇場をその目的地にしたのである。

ちょうど私が日本財団（日本船舶振興会）に勤めていた時期だったから、皆も来やすかったのだろう。日本財団はモーターボート競走会の売り上げの一部を受けて活動している財団だったから、私としても、競艇に健全な興味を持ってくれる人たちがいてくれれば嬉しかった。お酒も競艇も同じで、適当に、家族といっしょに飲んだり、遊んだりしてほしいのである。イスラエルへ行ったグループは、ほとんどが競艇場など行ったことがないので、一種の社会見学の気分であった。

神父は私の夫が渡したわずか三万円のお金で船券を買い始めた。真剣に競艇新聞を読み、わずか三万円のお金をたちどころに八万円に増やした。しかし午後二時になるときっぱりと遊びをやめ、神父の顔に還って、死の床に在った私の友人の病院を築地に訪ねるために私と共に競艇場を出た。その道で私に言ったのは、八万円を神さまから贈られたので、修道院の屋根の壊れている個所を直せて嬉しいということだった。

結果的に私は、神父の指導の元に、障害者とのイスラエル旅行に二十三年間も同行したのだが、その第一回の時に坂谷神父に言われたことが、その間中、私の耳から消えたことはない。

「曽野さん、ボランティア活動も、それが楽しくなったら、自分が楽しんでいるだけなのだから、止めた方がいいよ」

と神父は私にはっきりと言ったのである。幸か不幸か、私はいつも忙しい仕事を何とか片づけて旅に出るので、成田を出る時はくたくたであった。神父も同じだった。「坂谷神父さん、巡礼に行くより教区の仕事を片づけてくださいよ」という批難の眼差しをいつも感じつつ、それをおいて来てくださっていたのだろう、と思う。しかしこうした祈りの旅は、神父なしでは成り立ちえないのであった。

第三に、ほんとうの奉仕とはなんなのか。

私は若い頃聖書を勉強した時、泥まみれのダイヤモンドの原石にも似たすばらしい言葉を幾つか習った。その一つが「奉仕」という単語だった。新約聖書の原典はギリシャ語で、奉仕は「ディアコニア」というのだという。ディアコニアは「ディア」＝「何々を通して」という言葉と「コニア」＝「土、塵《ちり》、排泄物《はいせつぶつ》など」という言葉を合わせて作ったものらしい。つまり私たちが行う唯一真実の奉仕というのは、すべて汚物を通して行われるべきなのであり、極限すれば他者の「うんことおしっこ」の世話をすることだ、と解説していた神学者もいた。

もちろん簡単に考えてはいけないし、世間には黙々と、人があまり好かない広い分野の仕事を手伝っている人がたくさんいることを知っている。しかし最もおかしな話は、たとえば老人ホームに行って、歌を歌いたがる人たちがいるということだ。その人たちは「老人ホームに慰問《いもん》に行ってあげました」などと言っているが、実は自分たちが歌いたくて聞き手を探しに老人ホームに慰問に行くのである。最近では、しっかりした老人ホームの住人がいて、「お歌いになりたいんだから、聞いてさしあげましょうよ」と言うのだそうだ。

この話を聞くと、私の知人の誰もが「私もそういう聴き役の老人になりたい」と言うのである。この場合どちらがどちらを慰問しているかは一目瞭然《りょうぜん》だ。老人ホームの住人が、下手な歌を歌いたがる中年を慰問してくれているので、考えようによっては、これこそ立派な優しさというものである。

このディアコニアについてもう少し述べれば、奉仕というものは、私たちが簡単に考えるようなものではなさそうだ。つまり、人がいやがるようなことを、一回するだけではなく、「毎日のように、朝から晩まで、何年も継続してたゆみなく」することを指している。

乃至《ないし》は、命の危険、社会で除《の》け者にされること、経済的損失などがあっても、それを承知で仕《つか》えることのようだ。だから私をも含めて、ほとんどの人が、本当の奉仕などしていないのである。思いつきで、片手間に、身に危険もなくて、たいした出費でもないようなことは、つまり聖書の言う、本当の奉仕ではないことになる。

人は自分を、人間らしい抑制のとれた、決して無残な人格ではない、と思って生きていきたいらしい。私とてもその例外ではない。ただ私は人生で、殺意を抱いた瞬間を記憶している。しかしその思いと、思いを行動に移すまでにはかなりの心理的落差があった。思いだけだったから、私は安心して殺意を抱いた、と言ってもいいし、実行に移すことと、内心の衝動《しょうどう》との間には深淵《しんえん》に近い距離があって、その深淵を飛び越すことは多分ないだろうから、安心して殺意を抱いた、と言っていい面もあるように思う。

それで、という言い方はおかしいが、私は八十歳になる前に運転を止めてしまった。もともと運転は好きではなかったのだが、それまではただ必要に迫られて、やむなくやっていただけである。

免許の更新をしなかった時、私は幼稚な安心をした。これで一生涯、運転で人を殺《あや》めることだけはしないで済んだ、という幼稚な達成感だった。しかしそんなことでまだ安心はできない。これからいよいよ老齢になると、煮え立った薬罐《やかん》を落としてたまたまそこに居合わせた他人に火傷《やけど》を負わせるかもしれない危険は、ますます増える。物忘れがひどくなって、空のお鍋を火から下ろすのを忘れて、自分の家から火事を出さないものでもない。私が人を殺すかもしれない可能性は、まだまだ皆無とは言い切れないのである。

あれこれ考えるのも、つまり私は、最低限、人だけは殺さなかったと言って死にたいのだろうが、それだけでも大変な幸運だ。と同時に、人を殺さないくらい、大して立派なことではないと知らなければならない。人を殺さずに済むとしたら、それは私が幸運にも日本という世界一平和な庶民生活を許される国に偶然生まれ合わせたからだ。

最近私はアブドゥル・サーラム・ザーエフという人の書いた『タリバンとの生活』という本を読んだのだが、私がタリバンの兵士のような境遇で育ったら、私は信仰の邪魔者になる人を殺すことを、光栄と感じるようになって当然だっただろう。著者は、十五歳の時からジハードと呼ばれる彼らの「聖戦」に参加した。彼らは自分たちのことを「ムジャヒディン」と言うが、この言葉はアラビア語で「聖戦に参加するもの」「闘士」「聖戦士」などというほどの意味である。

「戦争が最高潮に達したアフガニスタンには十万人のソヴィエト兵がいた。数百万人が近隣の国に逃げ、百万人が聖戦に参加して自らの命を捧《ささ》げた」

とアブドゥル・サーラムはさらりと書いている。戦争のために死ぬのは、いかなる理由があっても悪だ、と日本人の一部知識人はあっさりと明言する。そうした指導的思想はかなり浸透しているから、このアブドゥル・サーラムのような文章は、最近の日本人が書く、或いは、書ける文章ではない、ということになる。

しかし現実の生活の中で、耐え難い圧政や侮辱《ぶじょく》や略奪に似た行為に日々出会っていると、そのような存在を追い払うためには殺すことも致し方ないと思うようになるだろう、と、私は同情する。自分も殺人者になるかもしれないという「実感の予告」を受けることから、私の自己認識は始まり継続することになるだろう。

現代、私たちに必要なのは、自分がいかにいい人間になるか、ということより、自分がいかに卑怯者《ひきょうもの》であるかを、常に自覚し続けることだろう。

もちろんそれは大してむずかしい行為ではない。少なくとも、私は本能的に簡単に人を裏切ったり、するべき任務から逃げ出したりする自分を知っているし、さらにひどい醜態《しゅうたい》をさらすことも容易に想像できる。その卑怯な姿が、私の創作の原点と原動力になることも多いのだ。

私は二十四歳の時以来、何度かライに関する取材などでインドに入っているが、或る時、一人のインド人の家庭に招かれた。大富豪ではなかったが、豊かな教養のある拝火教徒《パーシー》の家族だった。当時の私は昼間の取材中に分からないことを残している場合には、そうした席で知識の補充をするには実に便利だと感じていたのである。

当時の私の感覚の中での日本とインドの大きな違いは、日本は木材が豊富だが、インドでは森が少ないという点だった。

当時日本には禁煙運動などなかったから、喫茶店でもホテルでも、どこにでも宣伝用を兼ねたその店のマッチがおいてあった時代だが、インドに行くと私の同行者のタバコ呑みは、いつもマッチを手に入れるのに苦労していた。つまり木が少ないのである。

私がライの勉強をしていたアグラという古都は、ガンジスの支流のヤムナ川に面していた。川では時々火葬が行われているのが、遠目にも見えた。ガンジス川に面した聖地ヴァナラシ同様、ここでも、人々の遺体は生を終えると川原に運ばれて火葬され、その遺灰は川に流されて永遠に還るのである。

私はそのことに関して、実に多くの、正しいものや正しくないのではないかと思われる知識を聞かされた。ライを病んだ病人が死ぬと、その遺体は火葬しないまま川に流す。七歳以下の子供も火葬しない。火葬用の薪《まき》は高くて、貧しい人々はなかなか買えない。充分に買って焼くのが死者への愛情なのだが、それができなくて焼け残った場合、そのまま川に流すこともある。

そのパーティでは珍しく魚料理が出た。

「どこのお魚ですか?」

と私は女主人に尋ねた。質問は大して意図的なものではなかった。考えてみれば、当時ベンガル湾やアラビア海で採れた魚を内陸のアグラまで運ぶ技術はなかったと思うが、私はそんな点まで頭が廻らない若さだった。

「いいえ、ヤムナ(川)の魚よ。だから新鮮よ」

「そうですね」

一瞬、私は皿の上の、カレー味の魚のフライを食べるのを止めた。ヤムナ川の魚なら、間違いなく人間の死肉も食べているはずだ。しかし数秒の深い苦いためらいの後、私は敢《あ》えてその魚を口にした。死者が他者に命を与えているという自然界の構造、生者が生きるために死肉を食べるという法則を思い出していたのである。

それに今日以降、私は人を食べたことなどありません、などとは言わなくなるだろう。自分はイノセントだったという自信を持つより、自分も同じようなことをしていた、と思っているほうが人間になれる、と私はその瞬間考えたのである。

第3章　ドバダー爺さんの悪意

二〇一〇年、一人のアメリカ人の教授に逢うことがあって、さまざまの話をしたのは楽しかったのだが、その時、私はまた貴重な英語の単語を一つ教えられた。

その方は高校の時、日本の長野県に留学して、フォスター・ペアレントのうちの一軒はお寺さまだった。その当時はずいぶん違う文化風土の中で苦労もされたのだろうが、伸びやかな方だから、それで日本通になられた。日本人とアメリカ人の心理を解釈する上で、貴重な橋渡しをする人材になられたのである。

私たちは私の仕事を利用して会津《あいづ》に日帰りの旅行をし、その間にさまざまなことを語り合った。私としては心ゆくばかり、わからないことを質問できたので、もったいないほどの「先生」から個人教授を受けたことになる。

私は始めてから近々四十年になる途上国援助の話にも触れた。前後に避けられない経緯があって、私は仕方なくその仕事を続けてきたのだが、結果的にはアフリカを知る貴重なきっかけになったことは、これまでに何度も、つい書いてしまっている。それほど、私はたくさんの人間の本質をアフリカから教えられたのである。

しかし私たち一家の心情としては、いまだに夫の趣味が有力である。夫は結婚した時から、私によく、「人道主義的な行為なんかするな」「いいことは恥ずかしいからするな」と命じていた。私もその手の羞恥心《しゅうちしん》はよく理解できたし（非常に日本人的な心情

なのかもしれないが）、何かしろと言われるより、何もしないでいていいというならそのほうが楽なので、夫の趣味に従うことに決めていた。しかし、それでもなお運命のイタズラとしかいいようのない滑稽《こっけい》な偶然が重なって援助は続いているのだが、夫はいまだに私の仕事の邪魔は決してしないが、信じているとは全く思えないようなしらんふりをしている。

東北への旅の途中で、私は教授からいいことを見せびらかしている人のことを「ダグダー」というのだと教えられた。

「え、ダグダグ？」

としか私には聞こえなかった。

「習ったでしょう。英語を勉強したなら」

教授のお言葉には、いささか往年の日本人大学生の英語力のなさをおもしろがるような響きがあった。

「習ったことはありません」

私は大学では優等生でなかったから、知らないということに馴《な》れている。発音ではついにわからなくて、紙に書いてもらった。するとすぐに分かった。「ｄｏｇｏｏｄｅｒ」つまり「いいことをする人」なのである。字引には「空想的社会改良家・独善的な慈善家」と書いてある。

私は教授に、この単語にはたとえ僅《わず》かでもいい意味がありますか？　と尋ねた。すると全くない、自分の人道主義を見せびらかす人という意味だ、ということだった。

こんな上等の英語を知っている人は少ないだろう、と私は得意になって、家に帰ると早速、夫にこの素晴らしい単語の話をした。すると夫は、

「僕は、ドバダーだ」

と笑った。「ｄｏｂａｄ（ｄ）ｅｒ」である。本当は「ドゥバダー」と発音しなければならないのだろうが、日本人の悪い発音を楽しむなら「ドタバタ」に似た「ドバダー」のほうがいいだろう。「ｄは一つかしら、二つかしら」と私は悩んだが、こんな単語はもともとないのだからどっちでもいい。

夫は結婚する前、私に「僕は嘘《うそ》つきです」と言った。それで私は結婚したのである。というと少し大げさだが、「僕は嘘つきです」という人は多分正直なのだろう、と私は判断したのである。彼が本当は嘘をつかない人物だとしても、もともと「自分は嘘つきだ」と言っているのだから、嘘をついたことにはならないし、ほんとうに嘘つきで

も、自分で嘘つきだと言ったのだから嘘をついたことにはならない、とまあ分かったようなつまらない話である。

それから何十年か経って、私は独学でユダヤ教を学んだ。そして、一冊の本にめぐり合った。ラビ・ピンハス・ペリーの著書『トーラーの知恵』という本で、「現代を生きるためのユダヤ人の聖書観」という副題がつけられている。

最近の日本は「正義」ばやりで、『これからの「正義」の話をしよう』というハーヴァード大学教授が授業で語った内容も学生に受けているという。しかし、私はなぜか正義の話というものがうっとうしくてならない。そんなこと喋《しゃべ》ってわかるものかな、という疑念が起こるのである。

正義はヘブライ語で「ツエダガー」というのだが、ユダヤ教の先生《ラビ》たちは、ツェダガーを「貧しい人たちへの施《ほどこ》しをする行為」を示す語に当てた、という。今の時代の日本では、生活弱者たちの対応はすべて国家がやるということになっているが、ユダヤ人の発想からすると、「貧しい人への施しとは、施す者の好意次第ではなく、むしろ義務であるという考え方の表れ」なのだそうだ。つまり「施す者は『正義に基づく行為』を行っているに過ぎない」。

そこで思い出されるのは「あなたは心から彼に与えなければならない。彼に与える時は惜しんではならない」という旧約聖書の『申命記《しんめいき》』15・10にある言葉である。つまり、貧しい人を助けるのは人間の恣意的《しいてき》な行為というより、「私たちの義務」なのだという。そして人間は、自由人でありたければ、義務を果たさなければならない存在なのである。

ついでに援助の仕事に携《たずさ》わる者たちが、どのような施し方をしなければならないかということも書いてあるのがおもしろい。

ユダヤ律法を集大成したマイモニデスによると、施し方には八段階があるという。以下、程度の悪いほうから並べる。

(8)いやいや施す人

(7)施すべき金額よりも少なく施す人

(6)乞《こ》われてからはじめて貧者に施す人

(5)貧者から乞われる前にちゃんと気づいてその貧者に施す人

(4)寄付を受ける人が寄付者の名前を知っているが、寄付者は与える人の名前を知らない場合

(3)寄付者が寄付を与える人の名前を知っていて、寄付を受ける人が寄付者の名前を知らない場合

（２）施す者と施される者との名前が知られない状態で施しがなされる場合

（１）まず金を与えて貧者を援助するよりも、ローンを貸与して彼を貸主の商売仲間に入れ、仕事を提供して自立できるようにしてやること

マイモニデスは、十二世紀にスペインのコルドバに生まれ、エジプトで宮廷付きの医師として働く一方でユダヤ居留民の長として働いた人だというから、最高のやり方は、援助の金を与えるのではなく、資金を貸し付けて自立させるということであった。

しかし、それよりも私がこのラビ・ピンハス・ペリーの著書で発見した驚きは、同志という言葉の解釈であった。私たちはこの言葉を比較的簡単に「志を同じくするもの」というような意味で使う。しかし、ラビ・ピンハス・ペリーの書くところによると「同志とはヘブライ語で『ダミーム』、〝血と金〟を意味する」ということである。

日本人の考える同志というのは、深い心で結ばれた「寄り合い」という感じでもある。この場合、金は千円や一万円の寄付を意味しているのではない。その人の財産のほとんど、時には最後の一円までを差し出すことなのである。

実は、私はそのように生きるユダヤ人を見たことがある。

或る年の春の夕方のことであった。私はエルサレムの聖墳墓《せいふんぼ》教会にいた。この教会はゴルゴダの丘の上にあり、十字架にかけられたイエスが葬られたところとされてい

る。現実には、キリスト教系の教会の集合建築である。ギリシア正教、カトリック、アルメニア教会、コプト教会などが暗い石作りの荘厳《そうごん》な建物の中にひしめいて、常にお香の匂いが流れている。

私は或る韓国人のカトリック神父といっしょにいた。どういう経歴の方か、聞き質《ただ》したことはないのだが、私に「あなたがいつイスラエルにきても、私はいつでもここにいるよ」と日本語で言った方なのである。或る年以上の韓国人は、日本領時代の影響でみんな日本語を話したのである。今はもう、そういう世代もほとんどなくなったが。

「休暇でお帰りになることもあるでしょう」

と私は言ったのだが、神父は生涯、祖国には帰らない誓願を立ててそこにいるようであった。

その神父が、祭壇の前に跪《ひざまず》いている一人の中年のユダヤ婦人の方を遠くから見ながら、「あの人は女弁護士だけれど、この間自分の持っている全財産を寄付したよ」と囁《ささや》いたのである。

この光景がなければ、私はラビ・ピンハス・ペリーが書いている「同志とは、金か血を捧《ささ》げる人」という定義を信じられなかったであろう。

私をも含めて多くの人は、ほとんど何も捧げてはいないのである。金か血かという選択は極めて現実的だ。誰も命の危険は冒《おか》したくない。私自身何度もアフリカへ行きながら、マラリアにかかるのさえ御免だ。誘拐《ゆうかい》にも遭いたくないから、日当を払って武装した保安警察に警備を頼んだりしている。私たちの考える弱者への寄付は、時として何一つとして犠牲を払っていないのである。先に述べたマイモニデスの八段階で言うと、せいぜいで（7）（6）（5）のクラスだ。

もっとも聖書は、「やもめの献金（マルコによる福音書12・41）」という個所で、現実に眼に見える捧げ物の価値を、額面で評価してはいけない、ということを述べている。「イエスは賽銭箱《さいせんばこ》の向かいに座って、群衆がそれに金を入れる様子を見ておられた。大勢の金持ちがたくさん入れていた。ところが、一人の貧しいやもめが来て、レプトン銅貨二枚、すなわち一クァドランスを入れた。イエスは、弟子たちを呼び寄せて言われた。『はっきり言っておく。この貧しいやもめは、賽銭箱に入れている人の中で、だれよりもたくさん入れた。皆は有り余る中から入れたが、この人は、乏しい中から自分の持っている物をすべて、生活費を全部入れたからである』」

私はこの話が好きである。人は、他人のことを分かっているつもりで噂《うわさ》をするが、実は何も事情を知らない。あの女は、何とまあ僅かな金しか賽銭箱に入れなかったものだ、と侮蔑《ぶべつ》的に思うだけだ。というより、そんなささやかな行為は、イエス以外に誰も見ている人は、通常はいないものなのである。

しかし、彼女が捧げた犠牲の重さは、劇的なものであった。一クァドランスは、金持ちの数十億、数百億に値するものなのだろう。そのおもしろさは小説的でさえある。命を賭《か》けたものだけが、ほんものだということは、世界の常識であろう。先般、冷えきった日米関係を裏書きするように、オバマは平和維持活動における日本の貢献が、さして強力なものではないという意味の発言をした。

私は日本のＰＫＯが一人の犠牲も出さずに帰国した幸運に感謝している。それは一つの偉業だとも思っている。しかし一般的に言えば、命を捧げる人が出るということは、全く別の誠実の証なのだ。しかし、そのような行為は自分か自分の家族によって示さない限り、それを誰かに求めることが出来ないジレンマが私たちにある。端的に言うと、アメリカは自分たちがイラクとアフガニスタンですでに五千七百九十八人（二〇一〇年十一月八日時点）の犠牲者を出しているのに、日本は「戦死者」という形での人的犠牲を出さずにいることが許せないのだろう。それももっともな感情かもしれない。

たまたま、私は最新号の『アフリカ』という雑誌（アフリカ協会発行）で、理事の堀内伸介氏が紹介している『伝道師《ミショナリーズ》、傭兵《マーセナリーズ》、はみ出し者《ミスフィッツ》』という本に興味を抱いた。私はその本の存在も知らなかったし、是非読みたいのだが、まだ買う暇がない。これは十四人のアフリカを代表するジャーナリスト、作家、活動家、研究者、事業家などと、一人のアメリカ人ジャーナリストによって書かれた小論文集なのだという。そして表題としてあげられた三者が、もっとも多くアフリカの地に入っているのである。

数年前、コンゴに行った時、空港から町までの間の車の中で、私とそこに住む日本人のシスターとの間に、こんな会話があった。

「曽野さんたちがお泊まりになるホテルは、お雇い兵たちで一杯ですよ」

とシスターは言った。

一瞬、私は「お雇い兵」というのは、大統領の私兵のことかと思ったが、それは国連平和維持軍のことであった。シスターは日本字新聞を全く読めない暮らしをしているので、日本人が使いつけている訳語を知らなかったのである。そして、確かに国連軍は傭兵《ようへい》であった。

この三種の人々は、それぞれにアフリカで働くことを仕事として、困難の多い現地に留まっている。しかしアフリカ人から見たら、その援助に関する行為はどれも「的外れ」に見えるのだろう。その齟齬《そご》はどちらのほうにも責任があるように私は思うが、しないよりはましという極めて大雑把《おおざっぱ》な解釈が成り立つかどうかはまだ分からない。

この本は書いているという。

「援助産業と援助機関、NGOは、その謳《うた》っている崇高《すうこう》な目的とは裏腹に、計画的か否かは不明であるが、自己保全を目的とした活動に大きなエネルギーと資金を使っているようである。例えば、アナン国連事務総長によれば、二〇〇〇～二〇〇一年に国連は一万五千四百八十四会議を主催し、五千八百七十九の報告書を公開している。報告書の多くは重複した課題を取扱い、当然のことながらその影響は限られる。小国にこれだけの量の情報を消化できる人材がいないのは明らかである。また、ナイロビには三千～三千五百のNGOが活動していると報告されている」

ここ数十年の間に、世界にはさまざまな新しい職業が発生した。奇妙な職業の発生もある。ボランティア業、難民業もその典型である。自国では暮らせなくなった「はみ出し者」が、ボランティアとして生きるようになったとアフリカ人は告発するだろう。現に難民の認定を受けて住む人々の小屋と生活程度のほうが、昔からその周辺に住んでいる田舎の人たちの住まいや暮らしよりはるかに上等だという矛盾は、どこにでも発生しているのだ。

しかし、私は常に事態を不純に考える。はみ出し者でもいないよりいいということはある。援助を受ける側と、援助をする側との双方の視線と要求の違いがなくなることなどほとんど期待できない。

私一人の視線からすれば、私はいつも、人間は今日飢えるより、或いは今日病気で死ぬより、とにかく生き抜いて教育を受け、将来自分で生き方を選ぶほうがいいだろう、という底辺の考えしかしなかった。それ以上の価値あることを、少なくとも私は他人に手渡すことができるとは思えなかった。夫唱婦随《ふしょうふずい》で私も「ドバダー爺さん」の生き方に近づいているのかもしれない。

第4章　ゲリラの時間

二〇一一年三月十一日午後二時四十六分に、関東大震災を上回る大地震が起きた。関東大震災は火災による被害が大きかったのだが、今回は三陸沖が震源地だったこともあって、M九・〇という大きな地震そのものの揺れ、想定外の高い津波、東京電力福島第一原子力発電所の爆発事故も重なって、全く新しい型の災害をもたらした。

地震や津波や放射性物質の流出というような異常事態が起きると、人間性もまた露呈するように見える。市民生活では、普段おきれいごとで済ませていたその人の本質が明らかになる。「一千年に一度」と言われる大災害のなかで、日本人が世界的に見てもみごとな自制力の片鱗《へんりん》を伺わせる行動を示したのは事実だが、一方で私のように改めて自分の卑怯《ひきょう》さや無力感を感じた人も多いだろう。しかし、それをも含めて人間性だ、と私は歓び悲しむことにしている。

しかし今回、事件当初は、若い世代ほど、異常事態に対応する力を持たなかったように見える。年取って鈍感になったのかもしれないが、私たちのように戦争を知り、死の危険性も体験し、不潔や不便や暗闇で暮らす生活も受け入れ、人生は決して無責任な政治家が言うように「安心して暮らせる生活」の継続などではないことを骨身にしみて知っていた世代は、ほとんど慌《あわ》てなかったのだ。

「非常時」という言葉は、普段の生活ではあまり使われない。何も起きていない穏やかな生活のことを私たちは「常時」という言い方では表現せず、「日常性を持つ」という言葉で表している。「非常時」は「日常性」と対局の資質をもつ状況であり時間である。

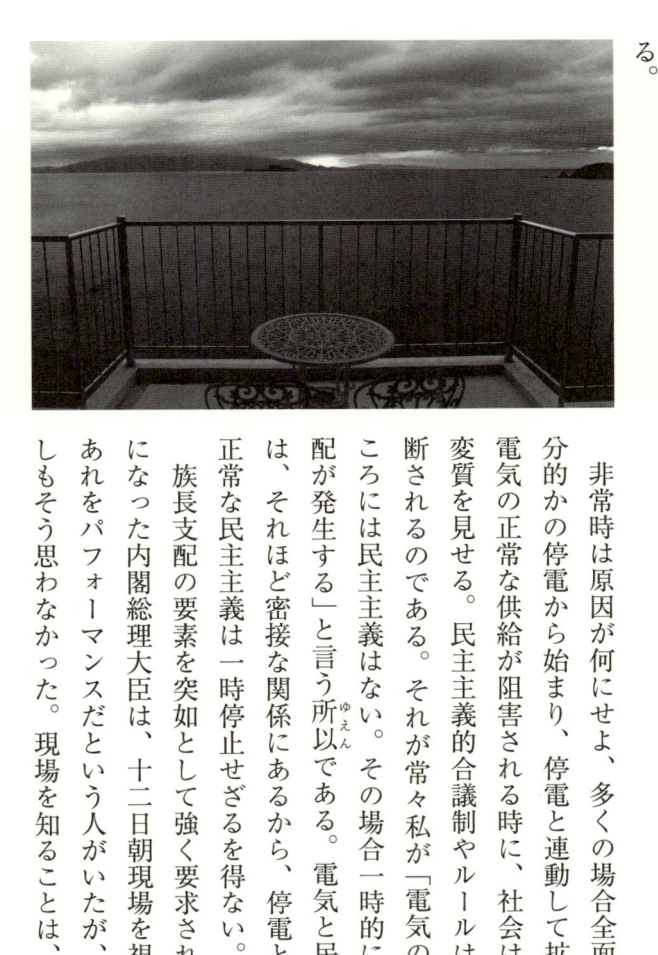

非常時は原因が何にせよ、多くの場合全面的か部分的かの停電から始まり、停電と連動して拡大する。電気の正常な供給が阻害される時に、社会は大きな変質を見せる。民主主義的合議制やルールは一時中断されるのである。それが常々私が「電気のないところには民主主義はない。その場合一時的に族長支配が発生する」と言う所以《ゆえん》である。電気と民主主義は、それほど密接な関係にあるから、停電とともに正常な民主主義は一時停止せざるを得ない。

族長支配の要素を突如として強く要求されるようになった内閣総理大臣は、十二日朝現場を視察した。あれをパフォーマンスだという人がいたが、私は少しもそう思わなかった。現場を知ることは、その後の状況の理解に(私なら)不可欠なものだからだ。しかも緊急時における族長なら、自分の眼で見、確かめて、やや独断的な処置を取る必要が強くなって来る。視察がその後の総理の支配力に生かされたかどうかはわからないのだが、総理が現場に行かなければ行かないで、マスコミは「現場にも行かずに」と非難したに違いないのである。

戦争を知らない、非常時の経験のない若い世代の特徴は、ルールをはずれた状態になると、どうしていいかわからなくなることだ。

彼らは、規制が通用しなくなっている社会で、自分で判断して生きたことのない人たちだったのであろう。つまり「野戦」ということがいかなるものか、全くわからない世代なのだ。もちろんこれは、長い年月平和に生きて来られた日本社会の幸運の結果で、彼らだけの責任ではない。

野戦病院などというものは、古い言葉ですでに死語になっているのかと思っていたが、今でも自衛隊にはれっきとして野戦病院とその組織が存在していることを数年前に知った。現在のところは影も形もないその病院は、しかし東京が壊滅したような時には、どこにどのような形で建てられるか。人員まできちんと決められているという。野戦病院とはいえ、平時に練《ね》られた計画によるものである。

野戦とは、目的だけがあって方途とルールがない世界である。多くの場合、第一線ではなくやや後方を支える野戦での医療行為は人命救助なのだが、現在の私たちの知っている病院のような設備、技術、物資の備わっている場合はほとんどない。

一九八三年、私は貧困の極にあったマダガスカルの貧しい病院で取材をしていた。そこには、二年前から一人でその僻地《へきち》に入って働いていた日本人のシスター・遠藤能《よし》子《こ》がいた。彼女は助産婦で、私は彼女の仕事を見せてもらうのを目的に行ったのだが、時々見るに見かねて汚物の処理などの雑用もさせてもらっていた。

そこはアベ・マリア産院という一応の医療機関だったのだが、未熟児用の保育器に使う酸素ボンベも乳児用のミルクもなかった。母親たちに与えたほうがいいビタミン剤もなければ、そもそも洗濯石鹼《せっけん》さえ市場で買えなくなっていたのである。

シスターは何回か私に「二階の窓際から二番目のベッドにいる患者さん、風邪引いてますから風邪薬を飲ませておいてください」というような言い方をした。それはつまり、私が自分用に携行《けいこう》している日本の売薬の風邪薬を持っていけということであった。私は言われたとおりに患者さんのベッドに行き、非常に小柄な人だったので、一回三錠の薬を二錠飲ませておいた記憶がある。この話をすると、日本人のなかに、その経過の何ごとにも心を動かさず、ただ慌てたように「看護婦の資格もない曽野さんが、勝手に薬を飲ませたりしていいんですか」という人が何人かいた。

当時のマダガスカルの医療機関というものは野戦病院に近かった。弾こそ飛んでこなかったが、石鹸もなく、ガーゼも消毒器もなかった。注射器はまだ使い捨てではなく、硝子《ガラス》の注射器を煮沸《しゃふつ》消毒して使っていた。もっともあまり注射薬もなかったが……。

目的は、人の病気を治すことであり、命を助けることなのだ。その目的に合致するための正当な手段がない場合には、何でもやってみる他はないのである。そんな時に、まず資格のあるなしを問題にする日本の若い世代の頭の固さに、正直私はうんざりした。臨機応変ということがこの人たちにはないのだ、と思い知った。

今回もまたその手の「野戦知らず」、臨機応変の力を欠いた才能に仕事は邪魔されたようだ。地震後、緊急に帰京しなければならなかった東電の清水社長は、名古屋空港にある自社ヘリで戻ろうとしたが、離発着の制限時間を過ぎていることを口実に、はじめ飛行許可をもらえなかった。それで何時間か指揮を執《と》るのが遅れたという。証明書、許可証、通行証などがないと、彼らはもう恐ろしくて何もできなくなるのである。そこに被災者がおり、ここに救援の物資とその輸送手段があるなら、許可も書類もそんなものは後でいい、と腹をくくることのできない世代が多いのである。

災害というものには予測がない。刻一刻と状況は変わる。当事者はルールもない推移のなかで、この一瞬一瞬に、どれが比較的ましかを考えて決めていかねばならない。計画を立て、討議し、申告し、評定し、裁定を仰ぎ、執行する、という全ての手順が無視されるか、省かれざるを得ないのが自然災害なのである。

人生でいつ襲ってくるか分からない非常時という時間は、正規軍が使用するものではなく、ゲリラの時間なのだ。

私たち戦争によって子供時代に訓練された世代は、今度のことで全く慌てなかった。おもしろい事象がたくさん起きた。烈《はげ》しい揺れが来た時、決して若くはない私の知人の数人は食事中であった。彼らは、普段より多く食べておいたと告白している。家に帰ってから食事をするつもりだったという別の一人は、空いていたお鮨《すし》屋に飛び込んで揺れの合間に普段の倍も食べトイレも済ませてから、家に向かって歩き出した。

その人は、二度目の大きな揺れが収まった後、渋谷駅から二四六号線を赤坂見附《あかさかみつけ》方向に歩き、少し様子を眺めることにした。非常時に、人の心を救うのはこの余裕である。観察し、分析し、記録（記憶）しておこうという人間的な本能が残されていることは、いつか非常に役立つのである。

彼はそこで面白い風景に出くわした。数人の若者が、どうしていいかわからないという感じで、道端に腰を下ろしていたのである。その行為自体は彼に理解できるものであった。彼自身がもう若くはないから、時々道端に腰を下ろして、通行人、ひいては人生そのものを眺めるという楽しみを持っていたからである。

しかし、この余震の続くなかで若者たちの腰を下ろしている場所を見たとき、彼は吃驚《きつきょう》した。彼らの頭の上には、揺れている大看板があった。もしそれが落ちてきたら、彼らは完全にそれで頭を割られると思われる場所であった。

私たちの世代でも「大看板の下に腰を下ろしてはいけない」などと教えられたことは一度もないのだ。その危険性を察知する能力は、ライオンや豹《ひょう》と同じ本能というものである。私にもおもしろい体験がある。三十年近く前、サハラ縦断をした時、私たちは遊牧民族の使う洞窟《どうくつ》に野営したことが幾夜かある。

砂漠は普通、夜間は寒くて辛いので、野営には風を避けることが必要なのである。普通は風によって自然にできているクロワッサン形の小さな砂丘を屏風《びょうぶ》代わりに利用するが、遊牧民たちは地形を知悉《ちしつ》しているから、貴重な洞窟の存在も知っていて、そこを「旅先」の旅館代わりにしているように見える。

洞窟のなかで寝袋を広げる時、私は同行者に「上を見てから、寝場所を決めてよね」と言った。遊牧民たちはごく簡単な手製の梯子《はしご》などを洞窟の天井に吊《つ》るしていたのである。そして自分たち以外にそんなところに寝る人間がいるとは思っていないから、かなり杜撰《ずさん》な吊るし方をしているから落ちることもあり得たのである。

左右から近づく物体。頭の上にある空以外の何か人工的な物体や構造物。そうした存在に、少なくとも私は、私の肌が危険を教えてくれるように感じることがある。とは言っても常にではない。私は工事中の薄暗がりの隧道《すいどう》を歩いている途中、暗闇に吊るされた制止している巨大な鉄のフックにゆっくりと頭をぶつけただけで、額に大きな瘤《こぶ》を作ったこともある。しかし上下左右を見る、何か空気が違うと感じる、この静寂はどこか不自然だと不安になる、というような形で外界の急激な変化を感じることは、つまりは本能に所属するものであった。

現代の若者たちは、恐ろしく本能的な感覚が弱くなっている。無理もない、彼らはあらゆることを予告されるのに馴《な》れている。天気予報は、温度や雨風だけでなく、洗濯するには適した日だとか、厚手の上着を持っていけとか、雨傘でも折りたたみがいいとか、至れり尽くせりを通り越してお節介なまでの警告、注意を貰うことに馴れている。

昔、夫と私は、障害者（盲人や車椅子）の人たちとの旅行に毎年のように同行して、ヨーロッパやイスラエルに行っていた時代があった。そこには年格好もさまざまなボランティアの人たちが来てくれていたからこそ、こうした旅行が二十三年も続いたのである。

或る年、夫はそのなかで、登校拒否をしている高校生とペアを組んで車椅子を押す役になって、年の差を忘れて仲良くなっていた。面と向かってはほめなかったろうけれど陰では、「あいつは感受性のいい子だ」と私に感想をもらしていた。

しかし或る雨の日に、夫は昼食の時に私の隣席に座ると、くすくす笑いながら「今朝はおもしろかった」と言った。

「僕が完全装備（の雨合羽《あまがっぱ》）でホテルの玄関に行ったら、あいつが『どうして雨が降るってわかったのかな』って言うんだ。それで僕は『外を見りゃわかる』と言ってやった」

いい年をして大人気ない返事である。しかし私は、この青年の育ってきた環境が見えるような気がした。彼自身か、同行していたお母さんか知らないが、彼らは天気予報文化のなかで生きてきた。お母さんは私と違って優しくきめ細かな心配りをする人で、息子には毎日「今日は傘持っていらっしゃい」とか「寒くなるかもしれないから、セーターを着て」などと言っていたに違いないのである。

しかし、その日泊まっていたピレネーの山間の町では、フランス語放送しかない。夫は朝起きて窓から外が雨で寒々と煙っていたから、雨合羽の完全装備をしただけなのである。しかし天気予報がなければ、寒さや雨に対する装備もできない世代が育ってしまったのだ。

彼らは予告された危険がこの社会の危険だと思っている。というか警告のない危険に遭遇すると、それを予告しなった管理者が悪いと言う。子供が、座っていた公園のベンチから後ろ向きに落ちた。すると頭にツツジの枝が刺さった。そんなことがあるのかと思うほど、稀有《けう》の事件のあったことを私は今でも忘れない。その子はかわいそうに、その傷が元で死亡した。すると親は、ツツジの枝が危険だという警告がなかったのは、公園側の管理の不行き届きだとして訴えた。これが現代の姿なのだ。

私のようなものが、人生には常に危険がつきまとい、あらゆる形の想定される結末を、常に或る程度自分で受ける覚悟が要る、などと書くと、それは弱者に対する裏切りだと書かれるのが当世なのである。しかしサハラにもピレネーの麓《ふもと》にも、日本にあるような至れり尽くせりの天気予報や安全情報などというものはないのが普通なのだ。

ニュースが遅い、不正確だ、と被災者が苛立《いらだ》つのは当然だ。愛する人の生死も分からない場合に、人は誰でも焦らずにいられないだろう。しかし、文字どおり不眠不休で働いている人たちに対して、「記者」と称する人たちが、仮に婉曲《えんきょく》にではあっても、事件の現状報告や、捜索の進捗《しんちょく》状況や、救援や物資の輸送方法が遅いの正確でないのと言うのは、おかしなものであった。

人間は神ではない。正確な現状を逐一《ちくいつ》客観的に判断できる能力など混乱のなかでは誰にもない。人間は原発の炉心《ろしん》を覗《のぞ》くこともできないのだ。東京電力の上には政府という存在があって、その人たちが民意の動向などというおよそ計測不可能な要素まで考慮したうえで、公表に踏み切る。その間の苦衷《くちゆう》を予測できない人物は、本当はマスコミ人としても不適当なのである。むしろ日本社会の情報伝達のシステムは、世界的なレベルで見ても、どれだけ称賛してもし切れないほどだと私は思っている。

こんな混乱のなかでは、手違いや齟齬《そご》が起きて当然なのである。それにしては、日本人の落ち着き、譲り合い、節制、忍耐は見事なものであった。嘆いても喚《わめ》かず、素朴な口調でも溢《あふ》れる情を見せていた。いい顔をした老人が多かった。わずかな窃盗を除いて、略奪、放火、暴行、レイプ、汚職なども起きなかった。物資は整然と、横流しもされずに移送された。

先頃、日本の国債の格付けが下がったというニュースがあったが、この地震をきっかけに日本の国際的地位は再び上がるだろうと私は感じている。世界でこれほど信頼に足る人間の集団は、他のどこの土地にも産しないからだ。

第5章

都知事の周辺

石原慎太郎氏が、二〇一一年四月十日の選挙で第四期目の都知事に選ばれた。お祝いを言うべきなのか、作家を一人失いかけている、と見るべきなのか、私にはわからない。尤《もっと》も、しぶとい石原氏のことだから、昼間都庁で嫌なことがあった方が、その夜の創作意欲が倍加するのではないかという気もしている。私はいつでも誰にとっても、「こうなったことが一番いいのだ」と思う癖がある。

石原氏の人気の分析など私にできるわけはないのだが、第一の理由は、石原氏以上の魅力を持つ候補がいなかったからだろう。東国原《ひがしこくばる》前宮崎県知事が、郷里の宮崎県から立候補するなら理由がある。しかし東京という町は、比べようがないほど大都会で複雑な要素を持っている。それをこなす新人がいないわけはないだろうが、宮崎県でうまく行けば、東京でも何とかなる、と信じた甘さを、人々は嫌ったのである。

私はワタミの元社長でもある渡邉美樹氏が立候補したことにも、不快感を感じていた。氏の立候補によって、私は初めてその職業を知ったのだが、元は外食産業と老人の介護施設の経営から出た人なのだという。食堂、レストラン、ホテル等の経営者や責任者というものは、三百六十五日、一日として休まずに、いつも現場にいて、レストランなら食事の味を監視し、ホテル業なら宿泊設備の隅々にまで目を光らせていなければならないものである。それを捨てて立候補するとは、責任感のない人だ。その

人の経営する事業にはきっと手抜きが出るだろう。

私がまだ高校生の頃であった。或る冬の朝早く薄暗いうちに、私はうちを出た。学校でお芝居をやる企画があって、その練習のために異常に早い登校時間だったのである。

私鉄の駅に行くと、プラットホームに帝国ホテルの当時の犬丸社長が立っておられて、私に声をかけてくださった。

「こんなに早く小父《おじ》さまは、どこにいらっしゃるのですか」

と私は聞いた。

「私はね、毎朝朝食までにホテルに行っているんですよ」

というのが答えだった。子供でも私にはその意味がよくわかった。私の叔父《おじ》も箱根にあるホテルの社長だった時代がある。ホテルがアメリカの進駐軍に接収されていた時代もその後も、叔父は朝昼晩とホ

テルの食堂の一番隅の席に座って食事をしていた。一見、毎日毎日贅沢《ぜいたく》なご飯が食べられるようだが、実はその席に就《つ》く時、社長はもっとも大切な仕事をしているのであった。

その席は、目立たずにあらゆることが見える場所にあった。客の入り、誰が客として来ているか、給仕人たちの働き具合、食事の味、グラスやナイフ・フォークの磨き方、床の汚れ具合、天井近くに蜘蛛《くも》の巣がかかっていないかどうかまで、こっそり見ているのである。

アメリカにホテル全体が接収されていた時代にも、叔父の席は変わらなかった。そして叔父は毎晩食堂に出る時には羽織袴《はおりはかま》の正装だった。自分が日本人であることと、ここは日本の領土であることを、それとなく進駐軍にも主張していたように見えた。

食堂も老人の介護施設も、それこそ責任者の不在は許されない。せっかく大きな仕事を渡邉氏は始めたのなら、その仕事を全うして、政治などしなければいいのに、と私は思う。しかも今度の選挙の前後に、私の知人の編集者がワタミに取材を申し込むと、「渡邉は元会長で、社長は今、不在です」だったという。私にはその言葉の意味する事情を正確に理解することはできないのだが、いずれにせよこの企業は責任者不在のように見える。

石原都知事は人を退屈させない人だ。最近は年のせいで益々毒舌に磨きがかかってきて、皆楽しんでいる。「天罰で天災が起きた」みたいな発言も、本意はついぞ分からず仕舞いのようだが、別に怒ることでもないだろう。直接被害を受けたのは東北の方々だが、天罰を受けたのは日本人全体という意味だろう、と私は解釈している。そういうふうに都知事の言葉を理解できない人は、つまり日本語のニュアンスも文学も分からない人だ。さもなくば、何にせよ、自分はイノセントだと思っていて、人間共通の負い目というものに対して理解がない人なのだろう。

私にせよ誰にせよ、「若い者はものを浪費し過ぎる。電子機器に頼り過ぎる」などと秘かに思っている中年以降の人は、かなりいるはずなのだが、面と向かって反対も唱えずに生きてきた。そして、電子機器などほとんど扱えないような旧式の頭の人でも、その一部だけはつまみ食いのようにして使い、「便利でいいなあ」と感じていたのだ。

最もはっきりしている私の堕落は、コンピューターで原稿を書くようになっていることだ。書く速度は手書きの倍に近い速さで、しかも文章がよく練《ね》れる。それと私はもう横文字にせよ漢字にせよ、普通の紙の辞書を使いたくない心境になってしまった。辞書を使おうとすると、持ち上げるのが重くていやだ。活字が小さくて読みづらい、と文句を言うようになったのである。老世代もみな多かれ少なかれ労力を省き、足で歩かない電気的生活に汚染されてきたのだ。

東日本大震災後、当然のことだが節電が厳しく叫ばれた。電車の運行も間引きになった。私に言わせればそれでもまだ贅沢だ。新幹線の「のぞみ」は平日は十分に一本の割りで、空席がある状態で走っている。その他に「ひかり」も「こだま」もあるのだ。こんなに速い列車が、その辺の私鉄みたいに、十分に一本走る必要はない。十五分に一本でたくさんだ、などと言って若い世代に笑われている。

都知事はまず自動販売機を止めろと言って、蓮舫節電啓発担当大臣に噛《か》みつかれた。節電大臣が自販機中止を命じ、都知事がそれに反対するなら、私には理解でき易いのだが。

私が自販機の存在を高く評価するのは、あれが日本の津々浦々、時には田舎《いなか》の畦道《あぜみち》にまで立っていながら、それが盗みの対象になることはあまりない、という事実を示していることだ。都知事が言うのとは別の意味で、私はこんな犯罪の少ない国を他に知らない。

おそらく世界中の国で、田舎の畦道にこの手の機械がおいてあったら、一晩で機械ごと奪われるのが普通だ。盗んだブツの中には、魅力的な冷やした飲み物が何百本。それに現金、さらに機械そのものも売れる、と考えるのが世界の常識だ。しかも無人の販売機は、泥棒世界の新人でも楽に盗めると思うほど、盗みやすい対象に見える。しかし考えてみると多くの自販機は、まともに陽を浴びたり暑いところに設置されている。今回、節電を普及するなら、蓮舫大臣の方から、機械の設置場所には日除けをつけることをメーカーに義務づけるくらいの発言はあってもよかったろう。石原氏より節電啓発大臣の方が、ずっと節電反対派なのがおもしろい。

そういえばトルコなどでは、観光地の休息所に「ビール」と書いてあると、私たちはまず店の屋根を眺め、それから周囲の音を聞いたものだ。屋根から電線が出ていないなら、それは電気が引きこまれていないことなのだから、冷蔵庫があるわけでもなく、ビールはその辺に放置されて充分に西日に温められたホット・ビールである可能性が多い。それでもビールはビールだ。

音を気にするのは、電線がなくても、最後の望みをかけて、自家発電があるのではないか、と期待するからである。しかしあたりが快いばかりに静かなら、自家発電は望み薄だ。世界の、飲み物に関する保管の程度は、そんなものだ。

石原氏は、社会が禁句や心理の立入禁止区域にしている部分にも踏み込んだように見える。近年、社会は「職業に貴賤《きせん》なし」という姿勢を貫いてきた。大新聞ほど差別語には極端に気を遣って統制を強化した。大新聞は心から職業に貴賤なしと思ったのではなく、ポーズだけ貴賤がないふりをしたのである。貴賤があるから、表現上の差別撤廃を強化したのだ。

しかし今回、石原氏はパチンコ屋という職業を明らかに侮蔑《ぶべつ》した。常識的な言葉で言えば、人間はあんなところに入って暇つぶしをしていないで、もう少しましなことに時間を使ったらどうなのだ、ということだ。この言葉は、現在、言いたくても公の場では言えない空気ができている。ところが最近韓国は、パチンコを規制したという。言論の自由どころか、最近の日本は表現の不自由が多かった。それはマスコミが自ら作った規制である。その結果、心の中には深い嫌悪《けんお》や侮蔑が溜め込まれている場合もある。禁止されればされるほど人は嘘つきになる。それくらいならむしろ言葉で悪口雑言《あっこうぞうごん》を吐《は》いて、心の中ではその人の存在にも職業にも立場にも、自然な親しみを覚えた方がいいと私は思っている。

職業には貴賤があっても仕方がない。怠けものが勤勉な人を侮蔑する場合もよくある。知的労働者と肉体労働者は、多くの場合、お互いの仕事の重要性と辛さを充分には理解していない。しかしそれはそれでいい。

昔私の若い頃、小説家という職業はまともな家庭の子女がなるものではないとされていた。「どんなふうに侮蔑されていたのですか」と言われる度に私は説明に困る。現代の職業に置き換えて言おうにも、現代は当人が引け目を覚えるような職業はない、とされているのだから、例に挙げて言うこともできないのである。それで私は仕方なく「ミルク・ホールの女給みたいなものでしょう」という言い方をしていた。コスプレの世界の好きな人ならよく知っているのかもしれないが、私の子供時代でも既にミルク・ホールというものを見たことがなかった。だからそれが社会でどの様な捉《とら》えられ方をしていたのか、本当はよく知らないのである。

そのような屈辱的な作家という職業を、人の憧れるものに変えたのは石原氏の功績でもあり、罪でもある。湘南育ちのスマートな青年だった石原氏が、小説を書くことによって、作家という職業は一挙に社会的地位が高くなった。しかし当時小説家は、私の母校でもまともに承認されない賤業《せんぎょう》だったのである。私は大学の文芸雑誌に出す原稿を失くされ、学生小説に応募するためなら身分証明書は発行できない、と言われて修行時代を生きてきた。

しかし貶《おとし》められ、嫌悪されるという状態、つまり職業に貴賤の感覚や明らかな好き嫌いの感覚があるということは、その職業に就く人に覚悟を強《し》いる上でまことに結構な状態なのである。石原氏は、それ以降の作家志望者から、賤業に就くという光栄ある覚悟を奪ったのである。

初代教会の時代に迫害を受けたキリスト教徒と比べたりするのは全くおこがましいことなのだが、私は行く手に障害が立ちはだかっている時の方が、本当の使命を自覚できる。私は今、宗教的な迫害を受けそうになったら逃げる予定だが、迫害を乗り越えられれば誰にせよほんものだ。

パチンコについても、石原氏はパチンコ産業の電気の消費量の多さに触れただけで、決してパチンコ産業そのものにけちをつけたのではなかったのだろう。ここで改めて私の立場をはっきりしておけば、私は「パチンコなんぞしていずに、働くか本でも読め」という気持ちにも賛同するが、同時にパチンコによって救われる人もいることを知っていると言うべきだろう。総て賭《か》け事というものは、麻薬によらずに、一時的には、現世を断ち切る作用を果たす。心の疲れた人は、眠るか酒を飲むかする以外の方法では、現世から離れることができないのだから、そこには、賭け事の役目があるのである。

麻薬といえば、現代は既に麻薬だらけである。ヘロインとかマリファナとかコカインとかその他強弱様々な麻薬をやらずとも、コンピューターの画面に向かってただただ差し当たり必要のない知識を探している人々や、ケイタイをずっと眺めている人々も、麻薬中毒と同じだ。しかし社会はそのことを問題にしない。

石原氏に人々が魅力を感じたもう一つの理由は、過度の敬語やお追従《ついしょう》めいた物言いをせず、五十人の賛同者の背後には五十人の反対者がいることを覚悟しているように見えることだ。このような政治家の態度を、人々は珍しく感じたのである。

或る代議士は私の目の前で、「選挙民に細かい説明なんかしなくっていいんだよ。ただ『ガンバロー』と言っときゃあいいんだ」と言い放った。つまり、そのていどに選挙民をなめ、選挙の票を意識してお友だち風の態度さえ取っておけばいい、という不誠実な意識なのである。

地震騒ぎでうやむやになったが、前原外務大臣（当時）が辞任しなければならなくなったあの奇妙な事件を、私は思い出さずにはいられない。

前原氏は或る外国籍の夫人から毎年、五万円の寄付を受けていた。この女性は氏が幼いころからよく行っていた焼肉屋のおばさんで、毎年くれていたお金も私から見ると「子供の時から知っていたあの子が外務大臣にまでなったんだから、私はお小遣いをやりたいんだよ」という程度のものであった。

それが政治資金規正法に引っかかった。寄付者のおばさんが長いこと日本に住んではいても国籍が違っていたからである。

こんなことで外務大臣を辞めなくてもいい話だ。自分の子供のような青年が大臣になれば、誰でも喜んでご祝儀だか小遣いだかをやりたいと思うものだろう。ただ前原氏は法学部の出で、しかも昔から総理になりたいと言っていたような人だから、法律の基本は知らなければならなかったのだろう。

私が思ったのは、改めて、「何と政治家という職業は嫌なものなのだろう」ということだった。さらに言えば、幼い時から心を支えてくれたおばさんになら、功成り名遂げた前原氏が、むしろ毎年おばさんに、五万円ずつ小遣いを握らせてあげてもいい年であり、地位であるように思えた。

しかし政治家になれば、特定の人にお金をあげることも、別の解釈をされるかもしれないからできないに違いない。しかし、一番無残だったのは、前原氏がこのおばさんから献金を受け取っていたことを知らないと公言したことだ。おばさんはどんなに悲しいだろう。そんなに政治家というものは金をかき集めなければならないものなのか。それとも人からはお金をもらっても感謝もなく上の空で、人にお金をあげるという発想はない人が多いのか。

前原前大臣の胸のうちを聞く必要はない。しかし私たちの多くは、政治家というものは、選挙民に対して内心の侮蔑、表面の慇懃《いんぎん》しか示さないものだと思っている。事実選挙制度というものが残っている限り、政治家は誰もが内面と外面が恐ろしく違う人気取りの姿勢にならざるを得ないだろう、とも思う。
その点、石原氏は少し違ったのだ。

第6章　想定外のこと

人間はひどい目に遭うと、険しい言葉を投げかけたくなる。疲れているだけでもいらいらして、普段の自分にないような言葉を使うこともある。今回の東日本大震災ほどの大きな運命の変転に出会えば、思考停止になったり、感情的な言葉遣いになったりして当然だ、と私も思う。

しかし震災以後、本来なら静かな言葉で理性的に語れるはずの大人が、ある程度、先行きの状況も見えて来る時間が経過した後でも、まだ感情的で理屈の通らない言葉を口にし、それに対して政府も、地方自治体もまともに応対していかなければならない場面があって気の毒に思えることが何度かあった。

その最たるものは、「想定外」という言葉に対してである。この言葉は、政治家や官僚が、自分の責任を回避するために発したものではないと思う。誰よりもまず、被災地の人が言ったことなのだ。「見たこともない高波だった」「こんなことは想像していなかったから、誰の責任でもない」と言った土地の人はどれだけ多数テレビにも登場しただろう。

しかしこの土地の言葉を誰よりも強く否定的に受け取ったのは、自分が当事者ではないオピニオン・リーダーや学者たちであった。「想定外」というのは、主に東電、さらに政府が、津波による被害の責任を逃れるために使っていると言うのである。

どんなものにも、想定内という範囲はある。

私はたまたま伊勢湾台風の時、名古屋にいて、風速七十五メートルという風がどういう猛威を振るうか、駅前広場に面したホテルの窓から実際に見たのである。地下道から出てきた人が、地上に出た瞬間に七十メートルを超す風に煽《あお》られると、傘がお猪口《ちょこ》になるなどという程度のものではない。その人は、ひょいと階段の下の方に、「蟻《あり》みたいに」吹き飛ばされたのである。その人が身の軽い人だったらいいのだが、高齢者や運動神経のない女性だったら、数メートル下まで落ちて、かなりの怪我《けが》をしていたかもしれない。

　こうした風が想定内だったら、名古屋駅だか市だか知らないが、地下道の管理責任者は、地下通路への入り口を封鎖したであろう。しかしそうでなかったから、被害は拡大したのである。世の中には常に、人知を超えた部分があるだろうに、それを認めない、という立派な人が今回、たくさんいたのである。

私は東電に責任がないと言っているのではない。原発はどこでもそうだろうが、想定される気象や地形の条件をすべて考えて、強度も配置も設計されるはずである。これが工事仕様書《スペック》に示される内容で、それに該当しない工事上の手抜きがあったら、それは厳しく追及すべきだろう。

土木建築の世界では、時々かしばしばかは知らないが、施工の段階で手抜きが行われているものだ。コンクリートの強度や鉄筋の太さや本数で違反をしていたら、その責任は発注者である電力会社と施工者であるゼネコンが完全に負わねばならない。だから建屋に人が入れるようになったら、事故調査委員会のような組織が、厳重な工事に関する監査を行うだろう。そしてそこに「手抜き」があったら、賠償責任が増えることは当然である。

しかし、現世で想定外のことが起きた場合、それは誰の責任にするのだろうか。想定内のことは人間が関係していることだから、責任者も割り出せる。例えば列車の事故なら、元々の鉄道の設計上のミスとか、運転の組織そのものの安全を無視していた運行責任者とか、当日の運転士とか、特定の責任者は調べればわかるのである。

私は地元の人たちの発言というものを、かなり重く見たい。海の状態にせよ、風向きにせよ、一番よく知っているのは土地の古老だと昔から人は言う。なんとか山に雲がかかると明日は雨になる式の勘、言い伝え、体験はどこにもあって、それはかつてその土地で働いていたすべての人たちの知識や体験の集積であると同時に、今日生きている人を助けてもいるのである。

私は今回初めて、「津波てんでんこ」(津波の時はてんでに一人で逃げろ)という教えがあることを東北の被災者たちの口から聞いた。こんな切羽詰まった言葉は、ほんとうに土地の知恵だ。それは「助け合って最後の一人をも見捨てるな」という道徳さえも吹き飛ばすほどの切実な命令である。

東北のリヤス式海岸の美しさと恐ろしさは、津波とはあまり関係がないと思われる土地の小学生でさえ、昔から習って知っていた。もっとも東京育ちの私は、津波の避難訓練などしたことがない。今回の津波はその土地に住む人が一人として想像できなかったほどの異常な高さだったから、誰一人として「あなたが普段から備えていなかったから、あなたのうちも流されたんですよ」とは言わないのである。ほんとうにお気の毒でしたが、どうしようもないことだったんですね、と慰める。「想定外」を認めるのは、政治の無作為、企業の身勝手だというのは理不尽な暴力だと私は思う。なぜなら、それは人間の能力と責任の範囲を超えることを命じているからだ。

人生には、常に想定外のことがあるものだ、と私は思っている。少なくとも私の今までの生涯は、日常の小さなことまで入れると、「想定外」の連続であった。いい方に「想定外」だったこともある。しかし悪い方の「想定外」もずっしりと重くのしかかってきた。世間の人も、私と同じようなものではないかと思う。

もっとも私は最初から想定をしないこともあった。世間の秀才の男性たちは、ほとんどあらゆることを知っているように見えることに、私はいつも驚いていた。知らない、という言葉自体を使えないように見える人もいて、内心「不自由だろうなあ」と思ったこともある。

しかし私にはわからないことがたくさんあった。その一つが原発存続の是非についてだった。だから私はそれについて一切発言せず、賢い同胞の選択にはっきり運命を任せるつもりだった。その結果がどうなっても、私は少しも悔いない。私はもう充分、素晴らしい日本人たちの知恵の結果のお世話になってきた。

素晴らしいと訳されている英語は「ワンダフル」というのだが、それは文字通り素晴らしい、きれい、すてき、というような意味ではない。ワンダフルというのは、「驚きに満ちた《フル・オブ・ワンダー》」という意味だ。素晴らしいということは、予想通りにことが進んだからではなくて、むしろ予想されないことの連続だったから素晴らしい、というわけだ。

私はだからと言って、東電が賠償責任を負わなくていい、と言っているのではない。現実に放射性物質が拡散したことによって、付近の住民に種々の迷惑をかける結果になったのだから、できる限りの犠牲を払って、被害を受けた人に弁償と救済をするのは、会社の採る道である。株主も経営陣も痛みを分けるだろうし、社員も犠牲を払って貧乏生活をする覚悟をすべきだ、ということである。人間の社会には、いつも信じられないような運命の変化が、基本的にはついてまわるものである。それを教えなかった教育が実は一番悪いのである。

一方、原発を自分の村や町に置くことを承認した住民にも責任はある。私は「誘致」という言葉が好きではない。原発設置を決定したのは、選挙の結果だ。陰で金がばらまかれているということがあったら、やはりそれになびいた住民がいたということでやはり村か町の責任である。

もちろん個人的には、誘致に否定的な立場を採り続けた立候補者と、その人に投票した人も当然いたわけだ。しかし民主主義の基本は、五十一人の賛成者がいたら、四十九人が、自分の理想や賢明さが通らなかったことにも耐えることなのだ。民主主義的政治体制が、一〇〇パーセントの賛成を得るということはない。もし住民の一〇〇パーセントの納得を、選挙結果で得るような政治なら、それは民主主義というより、恐らく独裁的圧力政治の恐れがあると見なさなければならない。

私たちはもし一人前の大人なら、それぞれに起きたことに対して責任がある。

昔私は、古い小型機を空輸するパイロットたちの話を取材したことがある。例えば日本に住む個人が所有していた中古の飛行機がハワイで売れたとすると、日本からハワイまで専門のパイロットがその飛行機を飛ばしてあたらしい買い主に届けに行くのである。

小型機の航続距離はあまり長くないから、時にはキャビンの中にまで暫定的な燃料タンクを入れる場合もあるという。これは発火の危険もあるし、別の危険性もある。飛び立ってしばらくして燃料が少し減って軽くならないうちに二基あるプロペラのうちの一つが止まろうものなら、そのような無理な内部仕様を施している飛行機は片肺では飛べないから、落ちるより仕方がないのだという。

パイロットには外国人も多いのだが、彼らには契約の精神があって使い易い。出張費も高いが、万が一落ちた時、怪我した時、の保険額はいくら、という約束で働く。しかし日本人のパイロットの場合はそうはいかない。事故が起きると、契約外の慰謝料だ、葬式代だ、と要求される。外国人パイロットの場合は、事故が起きても契約をきちんと履行すればいいのだから、正直なところ外国人の方が使い易いという内輪話を聞いたことがある。

そこが日本人が人情的でいいところなのだが、一般に日本人は、契約の精神ができていない。契約をする前には、種々予測をして、自分に都合の悪いことが起きる場合を考え、相手と粘り強く交渉して条件をこちらに有利にさせ、契約の中でうたえばいいことである。決して泣き寝入りをしてもいいとか、損をしても諦めろとかいうことではないのだ。しかし日本人は事前に知恵を巡らせて、事故が起きた時に自分や家族の身を守るという努力をしない。そして起きると、ごねるという形で損をカバーしようとする。

原発に事故は起きない、と言ったのは、行政でもあり、東電でもあったろう。もし「事故は起きるかもしれません。ですからあらゆる形での事故が起きた時を想定して、安全と修復の方法を考え、避難訓練を行います」などと言ったら、原発は決してできないだろう。「事故が起きるかもしれない、という程度の甘い想定で原発を作るのか！」と詰め寄られるから、「原発は絶対に大丈夫です」という話になる。しかしこれは、その段階で嘘があったということだ。嘘をつかせる人と、嘘をつく人がいたということだ。これは今後の日本にも起きるかもしれない典型的なまやかしの形である。

今回の事故で、ほんとうは日本人は深く反省して、以後決して使ってはならない言葉を二つ知ったはずである。

一つは「絶対に」という言葉だ。絶対ということはないのだ。どんなことにもこの世では例外が起き得る。絶対に起きない事故もなく、絶対に心変わりはしない愛もない。だから断定と保証ほど恐ろしいことはない。

もう一つは「安心して暮らせる」ことなど期待しないことだ。嘘つき政治家は、立候補の度に必ず「皆さま方が、安心して暮らせる生活をお約束します」などと言う。

今度のことで、どんな人もこの世には「安心して暮らせる生活はない」ということがわかったはずなのだが、まだこの現世の真理をわからない年寄りも若いアナウンサーもいて、平気で「安心して暮らせるようにしてほしい」とか「皆が安心して暮らせるようにしてほしいですね」などと愚かしいことを言う。年寄りは長い人生体験を持つのだから、普通知恵はあるものだが、こういう人は、今まで何をして年を重ねてきたのかと思う。

地震、津波のほかに今に火山の噴火も起きるかもしれない。これも、人知と人力では予測のしようもなく、噴火を止めようもない。溶岩流がどちらの方向に流れだすか、その場にならない限り、推測はできても厳密なハザードマップはできないのではないかと思う。

何事もなく今日までたまたま生きて来られたのは、ただただ幸運の結果なのだ。「想定外」の事態は今後も起きるだろう。それに対しては、できるだけ多くの関係者が、痛み分けをするほかはない。地方自治体などの行政、土地で直接間接的に電力会社の恩恵を受けていたすべての人たち、そうでない住民、電力を使った私たちすべての消費者が分け持たねばならない。原発の近くの土地持ちで、先祖代々そこで暮らしてきた人たちと、原発ができた後に移住してきた人との間には、大きな責任の差もあるだろう。後から来た人は、原発の存在を周知の上で住み始めたのだから。これはどこの基地付近の移住問題の場合も大きく考慮すべきことだ。

放射能を避けるために移住を迫られた避難指定区域の人たちは、ほんとうにお気の毒だが、私は次のことを言わねばならないと思う。「いつ帰れますか」などと聞かないことだ。なぜなら、誰も確信を持って「こうなります」とは答えられないことだからだ。繰り返すが、かつて一度も歴史になかったことは誰にも答えられない、という原則があるのだ。

従って、政府が責任を持って、どこへ、いつ、いつまで逃げたらいいか、などということに答えろ、という要求もむだだ。政府に聞いてもむだだし、政府の答えを信じてもいけない、と私は思う。放射能が危ないと思ったら、誰の指示も受けず、自分の力で一刻も速く、自ら信じられる範囲で遠くへ逃げるほかはない。村の人といっしょに生活を続けたいなどという甘いことを言ってはならない。

反対に私は、私のような高齢者は、健康被害など承知の上で、懐かしの我が家に残ることを許されるべきだと考えている。どうせ長くはない人生である。政府は電気と水道だけは送り続け、ライフラインの補修やちょっとした生活物資を補給するシステムも、すべてそうした覚悟の上で残留した高齢者たちでやる。しかしその場合、残留高齢者は、政府にあらゆる生命・健康上の補償を要求しないことだ。これは自分勝手で選んだ人生だから、その権利はないのだ。

それより少し若い世代には、今回改めて学んでほしいことがある。

私が知る限りでも、人生には、いつも取り戻せないほどの大きな運命の変転があった。その度に、私たちの親たちの世代も、私たちの世代も泣き続けて来た。親たちは夫や子供を失い、おおよそ私くらいの世代は、自分が死んだり、恋人を失ったりして来た。だからそういう無残なことがないような社会を作ることにはいくらでも働くが、「生活を元に戻してくれ」などと「世迷いごと」を言ってはいけない。そんな甘さが通用することは、この地球上のどこにもない。

人間は常にどこかで最悪のことが起こるかもしれないという覚悟を常にしておくべ

きだ。もちろんそれは避けたいことだが……覚悟は個人の領域だ。それを国家に補償せよとか、肩代わりせよとか言ってもできないことが多い。不幸もまた一面では個人の魂の領域であり、それを国家に売り渡してはならないからである。

第7章　十人の美女の寝顔

東日本大震災の後すぐ、個人的な事情で私は被災地に入れない状況にあった。マスコミの一員としては、翌日にも現地へ行くべきなのだが、私は新聞記者でもテレビ番組を作る立場でもない。緊急に必要な人員だけが現地に行くべきで、それ以外の立場の人間は緊急時は避けて、一呼吸おいてから静かに残された物語を拾う役目と心得ている。取材というものは、実に心理的に疲れるものなのだ。私が一連の戦争中の沖縄取材を現地で行ったのも、いずれも戦後四半世紀を過ぎた頃からである。

現実に、東日本大震災が起きた頃、私は「昭和大学医療派遣ボランティアチーム2011マダガスカル」というグループを現地に送り出すプロジェクトの最終段階の準備のために、けっこう忙しかった。マダガスカルの貧しい無医村地区の口唇口蓋裂《こうしんこうがいれつ》の子供たちに手術をしてもらうという企画は、地震前の前年の末頃から始まっていたもので、地震とは無関係に進んでいた。

すでに現地では、無料で手術が行われることがカトリックのラジオ放送で報じられると、たった三日で予定人数の八十人ほどをオーバーする申し込みがあったので、国際的な信用の上からも中止など考えられなかった。

私は当時日本郵政の仕事も手伝っていた。だから日本郵政が現地の状況を調査するためには、CEOから、末端で広報の分野で少しは働ける私のような人間まで、すぐ

にも現地に送るのが当然だと思っていたが、たった一人の株主である「日本国」（現実には財務省）からは、「調査にしても危険を避けるように」という非公式の通達があったとかで責任者の現地入りを認めなかったという説もあり（私には真実を確かめようもないが）、動きは極めて遅かった。

日本郵政の広報は仕事の「踏襲」はしても新しい企画はしないところで、少々の危険を冒し、上の命令に背いても現実を伝えようとする気概など全くない部署だから、結果的には私には何の役目も振りあてられず、従って出発前に地震のために時間を割く必要もなくて、私としてはほっとしていた面もある。

マダガスカルではドクターたちが、十二日間に三十二人の子供たちの手術を無事に果たして帰国し、やっと私にも郵政関連事業全般の現場の話を聞きに被災地に入る機会が与えられた。七月十一日がその日だった。

不心得にも、私はその日がちょうど四カ月目の記念日だということを意識していなかったのだが、偶然四カ月目の被災地の姿を見たことになる。幸運なことに私の元の職場であった日本財団の職員で、ボランティア活動のベテランである黒沢司氏が、今回の災害をきっかけに、改めて日本財団のボランティア派遣の現地の仕事を手伝うようになったという朗報も伝わった。取材は日本郵政と日本財団の知己を広く頼るという自然で温かい効果的なものになった。

見学でも視察でもない、と私は心に命じていた。私はこの二つの言葉を悪趣味で軽薄だと感じていたが、今回の場合に適した他の言葉も思いつかなかった。私たちは当事者の悲しみも苦労もほんとうには分け持てないよそ者であった。見学や視察というのは役人の世界にふさわしい言葉で、そんな程度のかかわり方で私はものを書いたことはない。旅行記は別として、少なくとも（世間には嘘八百を書くと思っている人さえいる）小説を書く場合でさえも、私はしばしば数年、時には十年を越す取材と調査と基礎的勉強を継続することを当然としていた。一日や二日現地を見て、わかったふりをするのはむしろ無礼にあたるのである。

それでも私はでかけることにした。だから私は四カ月目の被災地の現場のほんの一部の大地に、たった二日間立たせてもらったに過ぎない。私は全体像どころか、私が見た限りの狭い断片的光景しか書けない。たぶんそれは、ほとんどいつも、記録者について廻る宿命のようなものである。つまり私たち記録者は、常に巨象を撫《な》でる盲人で、ほかの印象を持つ多くの人の違和感を覚悟の上で書かねばならないのである。

この限られた報告をもって、私自身としては東日本大震災の一応の区切りにしたいという気分になっている。それというのも、現場に立って、私は改めて次のことを確認したのだ。この四カ月は荒傷から人々が血を流し続けた時期であった。病気か怪我で言えば、痛みが烈しく、食欲もなく、身の回りを見渡す気力も余力もなかった時期だ。しかし少しずつ荒傷が癒《い》えて古傷になると、その後遺症がどう疼《うず》くかが、別の問題として発生する。

家族を亡くした人は、今でも朝起きぬけに、自分一人だけが生き残って、家族全員が亡くなったということは、夢であったと思うだろう。はっきり目覚めて見れば、もと通り懐かしい家族の顔が揃《そろ》うのであって、どうしてこんな長い悪夢を見続けたんだろう、と自分に言う場面が、私ならありそうな気がする。

しかし現実は、必ず過酷な面を持っている。失った家族はもはや帰ってこない。来世での再会が待ち焦がれる所以である。そして生き残った者は、何より目的の喪失に苦しむ。この子を大学にやり、この娘を結婚させて、夫と二人の旅行を楽しむようなおだやかな老後を夢見た妻もいただろう。この程度の夢は、決して無謀な高望みではなく、平凡などんな生活者にも許されるという程度のものだったからである。しかしそれが叶わなくなったのが、誰の責任とも言えない現実であった。

地震の起きた三月十一日、黒沢氏は山形の山奥で「樵《きこり》」をしていたという。揺れの直前に森は猛烈な花粉を放ち、やがて、地鳴りと揺れの中で座り込むほかはなかった。氏の案内で、できるだけ効率よく主な被災地を巡ったのだが、一言で言えば、この四カ月で、主な現地の荒塵《こうじん》だけはすでにみごとに取り片づけられていた。片づけると言っても、自動車や建物の残骸は材質によって分別して積み上げられているところもあり、いたるところに瓦礫《がれき》の集積場が、ボタ山のように見えるのが被災地の特徴であった。自動車の通行のできる道は大方修理されていた。

私は出発前に現地に電話をして、「保安靴と長靴とどちらを持っていくべきですか?」と聞いて、長靴という指示を受けていたのだが、被災地は個人の所有地へ立ち入らない限り、道はすべて整理されていて、道には泥もないところが多く、私の持参した長靴をはく必要は全くなかった。

長靴だけではない。私は軽い角膜潰瘍の後で眼を保護する必要があってサングラスも持っていたのだが、埃《ほこり》もひどくなく、マスクや軍手なども持参していたのだが、一切必要なかった。一時は遺体や水産物を扱う工場の廃墟《はいきょ》から立ち上る臭気でハエも大変だという話があったが、それは今でも特定の場所だけで、少なくとも私が近づけた範囲には、全くそのような気配はなかった。車に入って来たハエを見たのはたった二匹だけである。

高速の東北自動車道も、一部補修中のところはあるにせよ、現在の走行に不自由も不安もなく、渋滞もしていない。世評は文句だらけで、「よくやった」という声はほとんど聞こえないが、私はたった四カ月でよくもここまで来た、という思いで、日本の国力に感動したことを否定するわけにはいかない。震災直後から、私は「日本には重機があってよかった」と書いた。災害で廃墟となった国の再建をしたくとも、重機がほとんどなくて瓦礫一つ動かせず、何年経ってもそのままという国が、この地球上にどれだけあるか。しかし少なくとも、四カ月後の被災地には重機の姿がいたるところに見えた。

黒沢氏風の言い方をすると、つぶす機械とつまむ機械の双方がないと現場は片づかないのだが、その基本が揃っていたのである。日本にはそれだけでなく、重機を動かせるオペレーターもたくさんおり、しかも彼らは自分の儲《もう》けを度外視して被災地のために働く気持ちもあった。

「ツイッターで、これくらいの大きさのこういう重機を動かす人がほしい、と言っとくと、ちゃんとそのためのオペレーターがボランティアで来てくれたんですよ」

と黒沢氏は言う。

私自身が迂闊《うかつ》だったのかもしれないが、今までのマスコミの記事がはっきり書かなかったか、書かれていても私はきちんと認識しなかった重大な事実がある。それは今回、地震で倒れた家はほとんどなかったということだ。もう見捨てられた納屋のような古い建物が倒壊していたところは二、三見たが、M9・0の地震の揺れにもかかわらず、一般の家屋はごく普通の民家でも地震に対してはほとんど無事だった。現在辛うじて壊れたまま現場に残されている家は、ほとんど床上の辺りが柱だけを残してすべての壁の裾《すそ》の部分が脱《ぬ》けており、すけすけの空間にビニールや建材が房のように下がっている。つまり、ボロをスカートのようにまとった家ばかりが目につくのである。これらすべての家は、地震ではなく津波の襲来で破壊されたのであった。だから東日本大震災という名称自体が間違いだと私は思う。あれは直接被害を及ぼした原因から言えば、三陸沖大津波と呼ぶべき災害だったのだ。

死者たちもまた、地震のせいで命を失ったのではなかった。九九パーセントまでの死者は、津波で命を奪われた。いきなり津波に襲われた人もいるだろうが、ものを取りに家に戻った時、犠牲になった人も多いという。引き波は信じられないほど強く、海底の魚が口を開けてぱくぱくしている姿さえ見た人がいる。

海辺にある二階建ての女川《おながわ》郵便局は、局社の屋上まで波に浸かって機能を失った。全員の安否がわかるまでに、四、五日はかかった。日頃、身のこなしが早いから大丈夫と思われていた人がダメで、あいつはのろいと思っているような人が生きて帰って来たりした話が周囲にたくさんあったという。まさに人生そのものだ。

局員の多くは、家を流され、家族をなくし、簡易郵便局と呼ばれる個人の住居と郵便局が繋がっているような小さな局では、家と事務所との双方を同時に失った人が出た。地震後、何より辛かったのは、ガソリンの不足と道路の破壊とで、何をしようにも車が動かず、したがって行動が取れなかったことだった。

私は郵便の配達に付随して起きた困難について尋ねた。生きているのか死んでいるのか、どこに避難したのかわからない人に、どうして郵便を届けたのか、という基本的な質問である。たいていは、元家のあったところに、避難先を書いた札が立つようになった。それもない人のためには、避難所、つまり体育館や◯◯センターなどと呼ばれる所に行って、避難所に寝場所を定めた人たちの区割りの「地図を作りました」と言う。私たちがテレビでしばしば見た広間に雑居するようになった何百人もの被災者たちの、ダンボールなどで仕切られた居住区を、新しい町の住所と見たてて、仮の地図を作ったのだという。

「それでも、仮にその人がいない時にはその占有空間に郵便物を置いてくるということはしませんでした」

と局側は言う。表札があるわけではないし、同じ地区のよく顔を知った人たちが一緒に避難して来ているわけでもなかった。郵便物はあくまで当人に手渡すという原則を守るので、隣の人に預けてくるわけにはいかない。

「郵便貯金はいつからおろせるようになりましたか?」

と私は聞いた。女川町の場合は三月二十八日からであった。移動郵便車というキャンピングカーのような仕様の車が全国で十五台用意されている。この車を東北に回し、山間僻地《へきち》にも移動して、車内で「非常払い」を行ったのである。住所、名前、生年月日を聞き、携帯で確認した。二十万円が限度であった。携帯が普及した時代には、昔は考えられなかったこうした利点が生まれている。七月十四日からはATMを搭載した郵便車も動くようになった。

児童百八人中、三十四人しか助からなかった石巻大川小学校は、三階まで完全に波に攫《さら》われ、警察の機動隊が黙々と周囲の地面で遺体捜索を続けている廃墟になっていたが、建物自体は田舎の素朴な小学校の感じではない。カーヴを持つ壁面をもち、リゾートホテルかと思わせるような瀟洒《しょうしゃ》な造りだが、海抜一メートルちょっと、海まで五キロ。学校のすぐ後には、大人でも登れないような急峻《きゅうしゅん》な杉林の山が迫る。

しかしどんな切り立った山の傾斜でも、実質的に子供たちが二人ずつ並んで上れるような緩やかな避難用の階段か坂道は作れたはずだ。もし公立小学校の建設費に安全のための避難路建設の予算がどうしてもつかないというなら、それを自治体に要求して時間を失うよりも、父兄の個人的な寄付や奉仕的な肉体労働で、避難路を作ってもよかっただろう。行政がやるのが筋だなどと言う正論を通す前に、人間は実益を選ぶのが、昔からの生き方だったように私は思っている。

上からの指示がなければ何もできないという硬直したものの考え方に縛られた組織が多かった中で、柔軟なものの見方を惜しみなく示したのは、今回予備役も出た自衛隊だった。多分それを勇気というのである。

「何しろ、ボランティアたちの必要とした看板や釜《かま》まで自衛隊は運んでくれましたから、我々はずいぶん働けたんです」

と黒沢氏は深い感謝を示している。

前述の女川町の郵便局長は、知人の遺体を探す仕事を手伝った。見るに見かねて、バスで安置所めぐりをするのにも付き添った。

「四月後半くらいまでドライアイスもありませんでした。毛布で包むか、遺体袋に入れてそのままでした」

言葉は控えめだが、その言葉の示す事実は残酷そのものだったろう。

「しかしあれだけの大量死に対応する遺体を収める袋が、よく調達できましたね」

と私は言った。

「葬儀屋さんの組合が持っていたようです」

私はそこでも日本の国力を感じた。

たくさんの死者の顔と対面した局長は、しかし深く疲れたのだろう。

「あれだけの死者の顔を見ると、どうしてもそのイメージにとらわれて、夜中に起きてトイレに入ると、つい天井を見たりするようになったんです。しかし或る人が、それを忘れられる方法というのを教えてくれまして……」

「どうすればいいんですか？」

「十人の美女の寝顔を見れば、忘れられるようになると……寝顔でなければいけないんだそうですが」

これこそが東北人が示す、かすかなユーモアをさえ残した穏やかで人間的再生の秘術であろう。

泥に攫われた町は、瓦礫を取り除いた後でも、地面は不機嫌な泥色を残している。その一郭の土地に、私は一本の白百合が蕾《つぼみ》をふくらませているのを見た。津波に生き残ったはずはない。誰かが百合の球根か育ちかけの苗かを、震災後の荒れ果てた土地に、いとおしんで埋めて行ったのだろう。あの百合は必ず咲く、と毎年、百合をたくさん植えている私には体験でわかる。東北も必ず元よりいい土地に変わる、と花は告げているようであった。

第8章　重広長大の感覚について

作家は旅行記を書くべきかどうかについて、私は昔から常に疑念を持っていた。人間はどうせ、万物を知り尽くせない。私はいつも世間には、物知りばかりが多くて（ことに日本の男性はほとんどがそうである）驚いているのだが、私は今知っていると思えても、数年後には別の理由を知らされるので驚くことばかりであった。

二つほど例を挙げておくと、アフリカの黒人はどうしてあんなにすぐ踊るのだろう、という疑念が私にはあった。内乱などで国中が土埃《つちぼこり》に塗れて、ましなものは何一つないようにみえる政治的経済的荒廃の中で、絶望的な状態に陥って不思議はないと思われる場合でも、黒人はその中で踊っているのである。そして日本人は、というより私は、日本語で「踊っている場合か」と思う。簡単に言うと、日本人は多分世界的に最も踊りの才能のないＤＮＡを持っているのだ。

この疑問は何度か現地へ行っても解けなかったが、長い年月が経った後で、私は「アフリカの人々は悲しくても嬉しくても、感情の昂《たか》ぶりがあった時には踊るのだ」という説明を受けた。

それで私の、長年の疑問は氷解したのである。これは日本人が、悲しい時でも微笑したり、喧嘩《けんか》しなければならない相手にもまずお辞儀をしたりするのと似た、一種独特の表現法の問題なのである。

第二の例は、やはり西アフリカの或る国で、若い娘たちの裁縫教室を見た時のことである。それまで外国の支援物資としてもらった古いTシャツくらいしか着ていなかった娘たちは、その教室のおかげで自分の好きなデザインの服を縫うようになった。

私たちは、日本から電動でない足踏み式のミシンを送ってくれ、と言われて困惑した記憶がある。日本では足踏み式のミシンなどとうの昔に製造が打ち切られており、電動ミシンなら実に安く、スーパーの特売でも買えるようになっている。しかしその村は、電気のない土地だったのである。

　苦労して送った骨董《こっとう》もののミシンで縫い物をしている娘たちのクラスを、私が見に行った時、彼女たちは同じ模様の布でワンピースを作っていた。スカートや胸のデザインはそれぞれの好みで違う。しかし生地は同じもので、「失われた希望」というフランス語の文字が散らしてあった。

　その意味に気がついた時、私は呆気《あっけ》にとられた、と言っていい。最近の娘たちは、字の書かれたTシャツなどが好きで、私は読めるものなら、その字を片端から読む趣味もあった。つい最近訪れた中国の成都ではあちこちで博物館に行ったので、見学の子供たちの着ているTシャツの文字を、私は中の展示物に対するのと同じくらいの興味を持って眺めた。「私の好きなスイーツ」と書かれたTシャツには、ドーナッツや、イチゴを乗せたアイスクリームや、ショートケーキなどがついている。現代の中国の生活を一目で匂わせるデザインである。

私は眼の前のアフリカの娘たちが縫い物の教材に使っている生地は、誰がどこで買ってきたのですか、と尋ねた。するとそれは誰か「お慈悲深い洋服生地の製造会社の事業主」の好意で、その工場が作っている布をたくさんもらったのだ、という答えだった。

恐らくお慈悲深い事業主は売れ残りをくれたのだろうが、それにしても、こういう文字をデザインにした心理は、日本人には理解しにくい。こんな文句を入れるから売れ残ったのだ、と私は悪意を持って考えた。そのことを土地の人にも言ってみたのだが、誰も私の言葉に反応を示した人はいなかった。

数年経って、私はこの疑問に答えてくれているのではないか、と思われる心理について読んだ。アフリカでは、願わしくないことは、先にそのことにあからさまに触れることで、それを回避するという信仰があるのだ、という。それは私流の言葉でいえば、人間の運命は、決して希望したり期待したりした通りになったことがない、という私の信念のようなものと、どこかで通じているようでもあった。

私はとりあえず、それで私の年来の疑問も氷解されたと思うことにした。しかしそれで完全に納得もしなかった。「失われた希望」という言葉が、「ラブ」とか「パリ」とか「わたしはだれ？」とかいうような言葉と同じに、服地に書くほどステキな言葉なのかどうかを解説してくれるもっと深い理由を、今に別の方向から教えてくれる人が出るのではないか、と未だに期待している面もある。

前置きが長くなったが、その年の夏、東京で毎日、私は節電情報を眺めながら暑い暑いとボヤキつつ暮らすつもりでいたのだが、息子夫婦から急に中国の成都へ行くことを誘われた。東京から全日空が直行便を飛ばすようになって、たった五時間の旅だから、「楽に行けるよ」というわけである。

息子は遊牧民系の民族の歴史に嵌《はま》っているらしいから、蜀《しょく》の国に行きたかったのだろうが、私は素人以上の歴史的知識がないし、表向きに見える光景を盲人が象を撫でるみたいに解釈して帰ることになるのだろうと思うと、アフリカの奥の深さも考え合わせて暗澹《あんたん》ともしたのだが、結局は中国料理を食べたいというだけの理由で行くことにした。

成都は四川省の州都で、一種の盆地にある。少し南の雲南省の麗江からチベット自治区のラサまでは二千キロ、滇蔵公路と呼ばれる昔からの道があり、四駆で約十二日間の特殊なツアーもできるという。私はそちらの方に行きたいと思った。ラサは高度も高くて息が切れるだろうし、バター茶の匂いの染み付いた町には今さらそれほどの興味もないのだが、そこまで行く道は昔からの公道だから、宿場には旅籠屋《はたごや》もあって野宿しなくて済むという。

成都の人口は、案内書によると一千百万人ほど。中国には、東京くらいの市があちこちにあるのだと思えば、大したことはないのだが、それでも市内は整然としている。区画整理ができていて、高層ビル街もあり、いわゆる貧民街の姿もない。

ここには伝説のような話があるという。成都にもいわゆる貧民窟《くつ》があった。その汚さに心を痛めた小学生たちが、「何とか街をきれいにしてください」と政府に請願した。政府はそのけなげさにうたれて、街をきれいにする約束をし、貧民街を取り払って新しい街を作った。

こういう美談は現実に証明されていないと無理なものだが、確かに成都は清潔な街である。オレンジ色の上着やベストをつけた清掃員がどこにもいて、常に街を掃《は》いている。デパートなどの立ち並ぶ繁華街では、十分とおかずにこうした清掃員が自転車で廻って来て、それぞれの自分の受け持ちのゴミを持ち帰る。よく見ていると、燃える紙類、プラスチックだけ、とそれぞれ集める人が別なのである。

もちろん世界の貧民窟は、それが外国の眼に国辱だと見られそうになると、時の政府は取り払うのが、一般的な傾向である。住民の感情は一切無視して強制的に重機を入れてとりつぶしたり、火事と見せかけて放火するという手がよく使われる、と私は東南アジアの各地で教えられた。成都の場合、多分、貧しい人たちは、強制的に追い立てられたとしても、どこかに高層の住居を代わりに与えられたのだろうと思う。

とにかくどこに行っても、ビルラッシュである。中国に最近大量に発生している資本家的富豪企業主が恐らく手がけているのだろうと思われる会社が、町中の広大な地区全体を開発しているというところがざらである。さらに郊外の街でも、広大な片側四車線の道路を作っている。どこに行っても掃除と植栽をきれいに管理していることは、とても日本と比べものにならない。

日本の霞が関は、各省庁とも、自分の目の前の中央分離帯に雑草が生い茂っていて、白いたんぽぽの綿帽子のような種が飛んでいても一向に平気である。庭いじりの好きな職員が数十人ずつ昼休みごとに出て行って、十分か二十分ボランティアで手入れをすれば、霞が関中がきれいになるのに、そういう運動は何万人もいる公務員の中で、誰一人として考えつかないか、思いついても実行できないのである。教育を引き受ける文科省さえも玄関の前が草ぼうぼうでも何もしない。

分離帯の清掃費用は、予算を取って業者に支払っている以上、彼らがするのが当たり前。それに万が一、自分のところの職員が中央分離帯で作業をしている最中に、暴走自動車にはねられでもしたら、誰が責任をとるんだ、という非教育的考え方だろう。だから外国と交渉に当たる外務省の門前も雑草だらけで、多分相手国も心中ひそかに日本を見くびっているだろう。

私の受けた教育では門前にペンペン草を生やしておくようなだらしのなさは、信じられないことだった。私の母などは、「門の前の掃除をしないような人とは、仕事の付き合いをしてもだめよ。一生ろくなことにはならないよ」と言っていた。ただし小説は別だ、と私は今ごろになって幼稚に母の説に歯向かっている。どんなに生き方がだらしなくても、いい小説を書く人は書くのだ。

ただ母の言ったことは、事業をする人にとっては、一種の原則であろう。私は後年、小口金融の取材をした時に、生活にだらしない人には金を貸さない、と同じようなことを言った金貸しに会った。中国は目下のところ、金を貸してもいい相手なのだが、ほかに問題があることは、後で述べる。

中国で道路を歩くのは、かなり危険だ。自動車道路と、原付オートバイなどの道路が別になっているところもあるが、そうでなければ原付も歩道を走るのである。私は一度日本で、傘を差して走ってきた自転車に突っかかられて転んだことがあるが、ここでは歩道をエンジン付きの二輪車が走るのだから危ない。

横断歩道を横切るのもまた一苦労だ。車はほとんど止まらない。だから歩行者は、車をなめて前へ出て行くか、「皆で渡れば」を実行するために、数人で固まって渡るほかはない。

横断歩道を渡る時、つくづく交通規則を守って必ず止まる日本の車に馴れて、横断歩道を渡る時でさえも「安心して」渡れる癖をつけられた日本人は、甘やかされていたことを感じるのである。ちなみに日本では評判の悪い渡道橋というものは、この街では見当たらない。

片側四車線の広い道路を作り、大都市の周辺にさらに工場と広大なアパート群を隣接させ、アメリカ式のスーパーを作って、国が広大なら何でもできる、ということを示している。

そこに匂うのは、現在の中国の精神の中心にある「重広長大」に対する絶対の信仰と自信のようなものだ。だから中国版新幹線も事故を起こす前までは、世界最高の速度を誇りたがった。国土が広ければ、それもいたしかたないのだろう。

博物館の経営に関しても同じ空気を感じる。どこの博物館に行っても、我々が箱ものと呼ぶ建物は大きく広く暗く、展示物はゆったりとセンスよく並べられている。たいていい門から始まる前庭が長く、展示館に着くまでに、ゆうに数百メートルは歩くことが多い。それもサービスと思っているのだろう。

一つの展示館から次の展示館までも、また数百メートル歩かされる。庭はきれいに整備され、緑陰も心地よく、ベンチもゴミ箱も整えられているのだが、まだこの国には、高齢者がそれほど多くないのか、障害者が外に出歩く習慣もあまりないのか、車椅子ともめったに出会わない。そうした歩行不自由者に対する配慮はほとんどないと言っていいからだろう。

展示館から展示館の間を運ぶ電気自動車無料のサービスくらい高齢者にあってもいいのに、乗れるのはガイドに特別料金を払った富裕層だけなのである。私のように息子が解説者《ガイド》をかねているのでは、この移動自動車に乗せてもらえない。

街の外見は、ほとんど社会主義政権風の硬い空気は大体とれたが、それでも感じるのは、コーヒー店と美容院の少なさである。この国のコーヒーはホテルでも恐ろしくまずい。その分お茶がおいしいのだから、私は満足しているが、美容院が少ないのはおもしろくない。

昔から中国には「三刀」と言って、料理人、床屋、仕立屋に達人がいたはずだった。私はどこの国に行っても、普段は日本では行かないほど美容院に行く癖がある。いわゆる浮世床で、髪をいじってもらっている間に、鏡の中から世相を見られるのが楽しいのである。

もっとも「シャンプーとブロウ」という美容院用語は、いまやたいていの国で通じるのだが、中国では前に来た時もどうしても通じなかった。

街中でお葬式の気配がまったく見えないのも、日本と違う。墓地も目に映らない。これだけ人がいれば、死ぬ人もそれなりに多いはずで、昔からお葬式の文化に関しては、日本よりずっと複雑で進化した文化を持っているはずなのに、まるで死者は消えるみたいに葬式の気配が見えてこない。

私たちの最大の目的は、おいしい食事で、丸々六日間滞在した間に一度も日本料理を食べたいなどと思わなかったのだから徹底している。朝から中国式のお粥を食べ、川岸の大衆食堂ではナマズ料理を取り、野菜一つ炒めるにしても、これは芸術だと思われるほどの味に出会った。

ただし安いレストランの喧《かまびす》しさは、想像を絶していて、味がわからなくなるくらいだった。中には絶叫に近い喧しい喋り方をする若い女性もいて、夫は「ボクはああいうのを後妻にもらう」と嬉しそうに私の耳に囁《ささや》いた。「ああいうタイプが好きなの？」と聞くと「あれほど声がでかければ、ボクの耳が遠くなっても補聴器がいらない」のだそうである。

人々は総じて表情が不機嫌で、他人のことを考えない。事業上のパートナーとして、こういう性格では困るだろう。荒々しい喋り方をする。列は守らない。スーパーの細い出口で、もう後一秒で私が出るというのに、平気で向こうから進入して来る。ヨーロッパ人や日本人が、エレベーターに乗る時でさえ、子供や老人がいると、自分は外にいて、彼らが乗るまで「開」のボタンを押していてやるのと大違いだ。自分がこういう行動を取るとどうなるか、という予測をする力も気も大衆にはないらしい、偉大な自分勝手である。

英語は驚くほど通じない。ホテル専属の車のドライバーが、英語の「右左」や「Uターン」という言葉も知らない。待ち合わせに使う時間も英語では通じない。毎日出歩いていても、私はあまり日焼けしなかった。着いた翌日は、「今日はスモッグなのかな」と一瞬思いかけた。しかしここには「蜀犬日《しょつけんひ》に吠《ほ》ゆ」という表現があった。昔からこの土地では、毎日毎日雲が厚いから、蜀の国の犬はお日さまを見たことがない。たまに出れば驚いて、日に向かって吠えた、ということだ。悠久の自然は今も変わらないのである。

第9章　歳月の優しさ

先頃、私が老年のことを書いた本が、珍しくベストセラーになった。内輪話になるが、この本は初めは売れない予定で、新書版の初版は七千部しか刷られなかった。私は昔から本の売れない作家だという自覚があったので、それで充分だと考えていた。

東日本大震災が起きた時、「想定外」という理由でこの件を説明しようとする政府や東電関係者は許さない、という空気が生まれたが、私は黙るほかはなかった。もちろんそれぞれが責任を取ることは当然である。しかし初版七千部で出発した私の本が、実数百一万三千部売れるなどということは、私にとってそれこそ「想定外」だったし、第一私が作家として生きていること自体が、やはり私の暗い十代から考えれば、「想定外」のことなのである。

私は三十七歳の誕生日に『戒老録』という、自分の老いを戒《いまし》める本を書き始めた。当時七十四歳が女性の平均寿命で、私はちょうどその半分の地点にその日達したわけで、今日から下り坂を降り始めるのだ、という思いが心を締めつけていた。

次に六十歳を過ぎてから『中年以後』を書いた。中年以後を書くにはほんとうは少し遅すぎたのだが、よくよく現実を見てから書いたという言い訳は成り立つだろう。その後で『晩年の美学』が本になった。人間はいつ死ぬのかわからないのだから、二十代の人でも「晩年」はありうるという気持ちもあった。

こう見てくると私は自分の年齢の経過を、実に客観的な興味を持って眺め続けたという感じはある。

ブリという魚は、関東地方ではワカシ―イナダ―ワラサ―ブリと大きくなるにつれて名前が変わる。それが出世魚と言われる所以だそうだ。北陸の人は、魚に関しては舌が肥えていて、一番厳密である。ツバエリ―コズクラ―フクラギ―アオブリ―ハナジロ―ブリと名前が変わる。私はイナダもワラサも食べることはあるけれど、正直なところおいしいとは思えない。やはり一人前のブリにならなければ味はよくないと思う。

人間はブリほどは、はっきりと変化や進化を示さないが、やはり長い年月の間には、知らず知らずに複雑な（味がいいとは言わないが）人生を生きられるようになっているかもしれないと思うから、私はそれぞれの年代に、自分の記録を留めておこうとしたのである。

二〇一一年九月十五日付の毎日新聞の「女の気持ち」という欄に、相模原市の天羽紀子さん（65）のエッセイが載っていた。

夫とは四十年前に見合い結婚をした。お互いによくは性格も知らないままだった。実は雪国生まれの神経質な夫と、九州生まれでのんびりした紀子さんとは、性格がうんと違う。紀子さんはガーデニングが好きだった。しかし夫は植物に興味を示さない。花は花粉が飛ぶと言い、庭の目障りなところに生えている木は抜いてしまった。

しかし二人は別れなかった。四十年経ってみると、夫は野菜畑を時々眺めて、種まきの時期や収穫を気にするようなことを言った。とはいっても何を手伝うでもないが、草刈機のエンジンの調子は直してくれる。雨で倒れた百合の花は踏まないようにして歩いている。妻の好きなものに、いつの間にか関心をいだくようになった夫の姿が、自然に描かれている名エッセイである。

しかしここに来るまでに、この二人は四十年かかった。もちろん四十年も保《も》たないで離婚する夫婦もたくさんある。私の父母がそうだった。しかし偉大な時の力によって、人間がみごとな変貌を遂げる例は他にもたくさんあるのだ。それがおもしろくて、私も生きてきたのである。

人間の寿命が長くなると、私の著書だけでなく、長く生きる術に触れた本がたくさん出る。そのすべてが、「人間の成長」とまでは言わないが、思いがけない変化か変質かを楽しんだものであることは間違いない。別に立派に変わらなくてもいいのだが、変わるということは、最低限、退屈しなくていい。

今から二十数年前、私は初めて視力障害を持つ人たちと、イスラエルへ出かけた。それは私の私小説的な想いから出たことだった。私はその三年前に、読み書きが不可能になるほどの視力障害から、五十年目に解き放たれた。私は生まれつき強度の近視だったのである。両目に手術を受け、ずっとまともに見えたことのなかった世界が初めて見えるようになっていた。一口で言うとそれは私の人生を変える大きな出来事だった。

それ以前、私は俯《うつむ》き加減で、鬱病《うつびょう》で暗い性格だった。世間と人を避け、うちにこもった。今もその片鱗は立派に残っている。作家としての生活は無理かもしれないとなった時、私は鍼灸師《しんきゅうし》として生きることを覚悟していた。私は実は鍼灸の技術に独特の才能があった。指先に目がついているように思うことがあるのである。だから視力を失ってもする仕事はあったのだが、私は物を書くことが好きだったから、五十歳で転職をすることは苦しい選択だった。

病気で視力を失う人もいるのに、私は人生の途中から遠くまで見える眼をもらった。

何も働かず、特別に大金も支払わず、そんな恩恵を受けたのだ。それは私に大きな負債の自覚を残した。ほんの僅かでも、お返しをしなければ、と私は思ったが、修道女になった同級生には、「視力は神様がくださったものなのに、あなたは図々しくお返しをするつもりなの？」と言われた。「父がくださったものは、ありがとうございました。嬉しいです、と言って受けておいていいのよ」という言葉は、私の信仰の浅さを感じさせた。

しかし私はどうしても僅かなお礼をしたかった。その頃、私は或る修道院で、一人の盲目の修道士に出会ったのである。

その人を廊下の彼方《かなた》に見た時、私はすぐ「あ、あの方は眼が見えないんだ」とわかった。私も近視と弱視が続いていた前半生の間、必ず手探りでものを摑《つか》もうとする動作が身について、その癖はその時まで脱《ぬ》けなかったからである。

私は盲目の修道士と握手して自己紹介したが、私の知人の神父は、

「あの人は偉い人で、眼の医者から、いつかは視力がなくなります、と言われた時、キリストの苦しみに与《あずか》るために、視力がなくなる日を待ち望んでいた、と言うんですよ」

と教えてくれた。

私には想像もできない言葉だった。私は手術直前の最悪の状態のとき、別の知人の神父からせっかく「曽野さんは視力を失った時に、初めて神を見るだろうな」と言われたのに、その場で「神なんか見なくていいですから、視力を残しておいてください」と言った人間なのである。

その修道士は、或る時、イスラエルとローマへの旅に連れて行ってもらった。あんなに覚悟していたにもかかわらず、ガイドの「右に見える建物が……」式の説明を聞いているうちに、どうして自分だけは見えないのだろう、と苦しさが嵩《こう》じて来て、祈りもできなくなった。しかしローマに着くまでには自分を取り戻して、いつもの生活に戻っていた。

その話を聞きながら、私は盲人とイスラエルを旅して、自分がガイドすることを思いついたのであった。私は少なくとも描写するという作業には慣れていて早い。だから右に見える建物の形はどんなものか、素早く説明できる。

第一回の聖地巡礼の旅は、一九八四年、私の目が見えるようになって三年目の春に、八十三人もの未知の人たちが集まって出発した。指導司祭の坂谷豊光神父と相談の上で、かつてライ病を患っていた韓国人女性二人も招待していた。当時も戦争中の「韓国人慰安婦」問題が日本人に対する攻撃の焦点だったが、私は単純に考えていた。過去に日本が韓国との間に不幸な歴史を残してきたなら、今日から改めて幸福な思い出を作るようにするほかはない。

第一回のメンバーの中には私の友人もいたが、ほとんどが旅のために集まった未知の人たちであった。こういう障害者の加わった旅行は当時まだあまりなかったから、すべては手さぐりで始められた企画である。私たちの旅行は、世話をするほうもされるほうも、全く同額を払う。お互いさまなのだから、できるほうが助けようというのが基本だった。

しかし私は出発の日が近づくにつれて、心配で眠れなくなった。もしボランティアのできる人数の方が少なすぎたらどうしたらいいのだろう。眼となって歩いてくれる晴眼者《せいがんしや》が少なかったら、どういう危険が起きるのだろうか。しかし私のそうした心配は杞憂《きゆう》だった。特殊な旅行だから、参加者にはあらかじめ障害の程度を書いてもらってある。すると、全盲弱視の人たちと、一応健康な人との比率は、どうやら微妙なバランスでうまく行きそうであった。

この旅行は結局、それから二十三回、つまり二十三年続いたのだが、それでもスタートして数年間、まだ私は、毎年のようにボランティアと障害者の数の比率を気にしていた。しかしいつも不思議と、数の調和は取れていて、私たちは立ち往生したこともない。参加者の中に或る年、一人の看護師さんがいた。その人は私たちの旅の途中で言った。

「このグループの旅行は、厚生省（当時）なんかの基準に照らしてみたら、とうてい考えられないような人員の構成なんですけど、こんなにうまく行くんですねえ」

ボランティアの中には、常に貴重な数人の男性がいた。第一回目の時、そのうちの一人は、或る国立大学の教授だった。どうしてこういう人が参加してくれたのか、そのとき私は全くわからなかった。

ローマで数日間滞在する間に、私はいわゆる七つの丘の一つにあるベネディクト会修道院のミサに列席する計画を立てていた。見えない人にとっては、景色も美術館も、あまり適した場所とはいえない。

もっとも景色や人物は私が「実況中継」と呼んでいた手法で伝えてはいた。登場する人物像を言葉で描く時には、差別語をたくさん使った。例えば「今日の私たちのバスの運転手さんは、デブで禿《はげ》ですが、大きい厚切りのステーキみたいな掌《てのひら》をした朗らかな人物です」という具合だ。彼が着ている服も私は詳細に報告した。生まれた時から盲目の人にも、色だけはきちんと伝える方がいいのだ、ということも、私は教えられたのであった。

ベネディクト会という修道会は、ベネディクティンというお酒を作ったところだということは知られているが、実は典礼学を詳細に守り続けてきた修道会で、そこでは素晴らしい歌ミサが聞ける。今ではラテン語でグレゴリア風のミサを歌うところなど、ほとんどなくなってしまっていたから、私たちにもいい機会であった。

しかし実際にミサに列席すると、それは実に長い時間がかかった。一時間半から二時間近くかかるのである。天井の高い、石造りのベネディクト会聖堂は、そのうちにしんしんと冷えてきた。

私はたまりかねてあたりを見回した。すぐ右隣は、偶然その教授であった。その次の席に私の同級生が座っている。私はミサ中にもかかわらず、教授の前を通り越して首を伸ばし、同級生に囁いた。

「ねえ、寒くない？」

同級生は私と同じくらい大柄だったが、果たして「寒い」と答えた。

それからが私のはしたない選択になる。私は教授に「先生、くっつきましょうか？」と言った。私と旧友の囁きを教授は一部始終聞いていたのだから、事情はすぐ理解された。もっとも私はすぐ謝ったのである。

「先生、本当にごめんなさい。若いお嬢さんならよろしいのに、こんなおばさん二人がくっついたりいたしまして……」

私としては山で遭難しているような気分だったのだが、後から考えると、それは何とも滑稽《こっけい》な情景だったろう。

しかしとにかく、私たちは少しだけお互いの体温で暖を取り、視力障害者の人たちは端然《たんぜん》と寒さにも耐えて、グレゴリアのミサ曲を聴けたことを喜んでくれたのである。

その日か翌日だったと思う。私は初めて教授から、旅に参加した理由を聞いた。教授夫妻は数年前までアメリカの東部の大学で働き、いざ帰る段になって、夫人は日本に帰りたくないと言い出した。教授にとっては青天《せいてん》の霹靂《へきれき》だったが、長い迷いの後で妻のそれほどの希望をかなえないのはいけない、と思うようになった。子供たちはまだ幼かったので、アメリカで妻と暮らすようにし、教授は帰国して日本での一人暮らしが始まった。

「今、僕は毎日、灯も暖房もない、冷たい無人の家に帰って来るんです」

と教授は穏やかに言った。見知らぬ人々との旅に出てきた理由は恐らくそのことの結果なのだろう、と私は察した。

しかし私はその時、教授に、すでにみごとな運命の受諾の姿勢を感じていたように思う。渦中にあった時、怒りや深いためらいがなかったわけではあるまい。私は、不思議なことに妻をアメリカにおいて来たという人に、これで二人会っていた。もう一人はパイロットであった。アメリカでジャンボ機の飛行訓練を受けて帰る時、彼は妻をアメリカ人の愛人の手に残してきた。それほどまでに妻が望んだ生涯は、たとえどんなに自分にとっては辛いことでも、耐えることが妻を愛することだと思ったと、彼は私に語った。彼は実はカトリック信者であった。離婚してはならない、という教会の掟《おきて》よりも、彼は深く妻を愛したように私には思えた。

それから長い年月、私はこの教授と会わなかった。或る人の私生活の一部を聞いた以上、私は沈黙を守るべきであった。もちろん私はそのことを書きもしなかった。

二十数年が経って、私はこの方がカトリックに新しくできた制度の一つである終身助祭になったことを知った。国立大学を定年退職する日を一つの区切りとして、第二の人生以後を迷うことなく「出家」して始めることにしたのだろう。

先日私は初めてこの方から、ゆっくりと、その後の四半世紀の物語を聞いた。妻が去り、子供たちも生活の変化に深く傷つき、病み、そして回復し、新たな出発の道を見つけ、来年は初孫まで生まれるという。その間の道のりは、平坦でないどころか、地獄のように感じられたこともあっただろう。

二人の高齢者が出会えば、自然に死に方の話も出る。私は言った。

「先生、私はもうこの頃、どういうふうに死ぬかなんていうことも考えなくなりました。自分では何一つ自由にならないんですから。命じられた通り運命にお任せするだけです」

自然科学系の教授だった人と私の脳の資質は全く違うものだろうけれど、二十数年の年月は二人に同じような柔らかな発想を与えてくれた、ということだけは間違いなかった。それが再会の歓びの隅々までを包んでいた。

第10章　女たちの生涯

普通、私の世代が、初めて外国に行くといえば、アメリカか香港だった。パリとかロンドンに行く人もたまにはいたが、それは私たち学生の中でも優秀な成績の人が留学に行く場合が多かったような気がする。

私はそうした秀才の一人には入らなかったのだが、作家になったおかげで、二十三歳の時、初めて外国に行く機会に恵まれた。私が幸運だったのは、先輩女流作家たちをアジアに送ろうとしていた財団が、私にかなり英語力があるだろうと誤解して通訳代わりにつけてくれたおかげで、私も選ばれたのである。

だから、私が最初に訪れた外国は普通の人と違ってパキスタンとインドだった。これは今にして思うと、私のその後に影響を残してくれたような気がする。ただ勿体《もったい》ないことには、当時の私はほとんどイスラムもヒンドゥも理解していなかった。

よく人は、その土地の勉強をしてからそこへ旅行すべきだと言う。しかし私を含めて多くの凡庸な人達は、決して聖書に精通してからイスラエルへ行くことにはならない。たいていの人が、予習せずにまず現地に向かうのである。

しかしそういう人もまずその土地を踏むと、後でその土地に関する本を読んだ時に理解しやすくなっている。学校秀才ではなかった私は、いつもこの形で或る国と接触し、後々末永くその国のことを学ぶ経過を取った。

結論から先に言うと、私はその後、たくさんの途上国に行った。数え方がむずかしいのだが、国の数で百二十カ国前後である。近年パスポートに入国のハンコを押してもらうのをコレクションにしているグループがあって、そういう人たちは、アフリカまで行っても一国に半日も留まらず、すぐ次の便で近隣国へ行くという驚くべき話を聞いたことがあるが、私は仕事で出かけたので、通過しただけのような国は数に入れていない。

自分ながらどうしてああいう国に二度も三度も、或いはもっと度々行くことになったのかと思うこともあったが、それはどこかに必要性があったからで、結果的にそれが私の興味につながった。私はいつのまにか、偶然がかなり加味されており、自分一人の希望ではこうはならなかったというふうに運命が動くのを好きになっていた。

そんなふうにして時間が経ってみると、私の旅行の記録の中に何カ所かの大きな空白ができていた。

そこへ行くことは叶わなかったのだが、周辺国には行っていたので、ほんの少しその土地を理解しうると私が一人で思いこんでいる土地だった。

私は中近東へもよく行ったのだが、東南アジアとの間にすっぽり脱けた土地ができていた。いやほんとうのことを言うと、私は、どこどこの地域をなんと呼べばいいのかも厳密には今でも知らないのである。

私は初めての胸躍らせた「外遊」の時、パキスタンとは言ってもカラチしか行かなかったのだから、つまり大雑把に言うとインドの西、イランまでは全く足を踏み入れたこともない地域が残ったと感じていたのである。

昨今の情勢を考えれば、学者でさえ入りにくいこうした土地に、専門もない小説家が行けなくても別にどういう不都合もない。しかし私が日本的な文化の対局にある土地として感じていたのは、いつも砂漠か荒野だった。

アメリカの、文化の縁辺に貼りついているように感じられるモハーヴェ砂漠や、クウェートやサウジ・アラビアなどの立派な舗装道路沿いに広がる砂漠は、後年通る機会があった。サウジの砂漠にはベドウィンと呼ばれる遊牧民も住んでいたし、サウジ王の遺体さえどこに葬られているか墓標がないから分からないというワッハーブ派の特徴を示す光景も見た。少し砂漠の生活を知れば知るほど、私は自分が理解していない部分を自覚したが、私はのんきに知った範囲のことだけを楽しんでいた。

五十歳を過ぎてサハラにも行き、タッシリ・ナジェールの岩絵を見に、荒れ果てた岩の大地を一日二十キロ歩いた。タッシリ・ナジェールとはトゥアレグ語で「川の多い大地」というのだという。かつてはここは緑の土地だったと言われても、今は涸川《ワディ》の存在さえ、簡単には感じられない。

岩絵は新石器時代の初めの頃に描かれたものから紀元後に描き足されたものまで、そこに住んでいたあらゆる人間の存在の痕跡《こんせき》を示していて、いつの時代にも画家というのはいるものだ、と感じた。

砂漠とは決して空っぽを意味するのではなく、「打ち捨てられた」という状態を意味するラテン語のデセルトゥス（desertus）から出たものらしい。「そこは、人間が決して足を踏み入れたことのない荒涼たる広がりではないのである。それはむしろ、人間が始祖となることができなかった世界なのである。だから人間は、身を引いたのだが、彼らは自分が通過した跡を至る所に残したのである」と書いている人もいる。

私は今までに何度、どれだけ自分が学者でないことを感謝しただろう。私は性格的に学者には向かない人間だった。作家なら、時たまほんの少し知っていることだけを書いても許される、というか、諦めによって打ち捨てておいてもらえるが、学者はそうは行かない。

しかし同時に私は深く学者を恐れた。もし私が学者の書いた本をほめれば、多分学者という人種は、「素人に簡単にほめられて（わかって）たまるか」と怒り、著書の一部に難癖をつければ、「素人が学者の揚げ足取りをする資格はない」とこれまた怒るような気がし続けているのである。

私は長い間、パシュトゥーン人などという人たちの名前さえ聞いたこともなかったが、中東の紛争のおかげで、そうした人たちの存在も知った。しかしパシュトゥーン人の特徴や、その理由を明快に教えてくれる人はなかった。

したがって笑い話も多い。誰かがパシュトゥーン人には「男色が多い」というのを私は聞いたのである。しかし、どうしてパシュトゥーン人に男色が多いのかは教えてくれなかったから、私は何年もその理由を知らないままだった。

素人風に言うと、パシュトゥーン人は、女性を厳格に家の中においておくので、年頃の少年たちは、外で異性と友達になることなど全くできない。その姿を見ることもない。したがって年頃になると、少年たちは、同じ少年たちと指を絡めて歩くようになる、ということらしいのである。

つい先日、私は、オサマ・ビンラディンのパキスタンにおける秘密の隠れ家を突き止めようとしたアメリカの諜報部員の中に、ダリー語を喋る人もいたということをテレビの番組で知った。ダリー語という名前こそ、初めて聞くものだった。

ダリー語を操るアメリカの諜報部員は、オサマ・ビンラディンの動静を探るのに、この語学力を活かしてパキスタンに潜入し、遊牧民の風体をしてあちこちの茶屋などで時間を潰《つぶ》し、土地の人の喋るのをじっと聞いていたのだろう、と私は想像している。

二〇一一年四月に出版された東京大学東洋文化研究所の松井健教授の『西南アジアの砂漠文化』（人文書院）という本は、私の心理的（もちろん知識的）空白をものの見事に埋めてくれる本であった。またまた素人が学者の本を評するつもりはさらさらないのだが、これはこの地方に興味を抱く者にとって、すべての基本的なことを教えてくれる本である。

「現在のパキスタンの北西辺境州とバルーチスターン州、それにアフガニスタン全域とイランの東縁を加えた地理的空間」を筆者はインド北西辺境として取り上げている。日本人にはほとんど関係のない、しかし現在イスラム地域の火薬庫となっている地域だ。

「この地方では、イスラームのスンナ派の教えを奉じる住民が圧倒的多数を占めている。国境によってパキスタン、アフガニスタン、イランの三国に分けられているとはいえ、その主要な構成民族は、パシュトゥーン、バルーチュ、タージクといったイラン系の人たちである。なかでも、パシュトゥーン人とバルーチュ人とが、この地方においては、人口規模でも分布の広さでも、他を圧して優勢である」

私たち素人は、パキスタンには「パキスタン人」が住んでいるという。しかしそんな人びとは現実にはいないのである。地図に書かれた国境は、現実の人種的な人口の分布とほとんど一致しないのが普通である。しかしこんな簡単なことさえ、多くの知識人も知らず、学校の教師も生徒に教えない。

パシュトゥーンと同じく、松井教授の取り上げた地域に住むバルーチュ人に至っては、「その一部が旧ソヴィエト領中央アジアとアラビア半島に居住していることが知られている」というのだから、ロシアの行政も頭の痛いことが多かろう、などと私は余計な心配をしている。

私はパシュトゥーン人の数など、本気で考えたこともなかったが、何となくごく少数の民族だと思っていた。いずれも正確な数は分からないのだが、分からないまでもその数もなまなかなものではない。

パシュトゥーンは「三国全部で一千二百九十万人とも、パキスタンだけでも一千五百万人とも推定される」という。これだけの数の人たちが、しかも文化人類学的には、

はっきりした特徴をもって暮らしているのに、私たちは知らないのである。その主な特徴は、

「一　イスラームという巨大な伝統のなかに包み込まれていること
二　世界でも最大級の民族集団であること
三　そのかなりの部分が部族社会と呼ばれる状況にあるとはいえ、無文字社会ではなく、それ自体で政治的な安定を維持できること
四　パシュトゥーン以外の民族集団を支配してきた歴史を持つこと
五　逆に、他からの侵略や支配を一切受け容れたことがないこと」

などだという。

人口がはっきりしないということは、昔からアラブ社会の一つの特徴だった。それはパシュトゥーン人もまた同じなのだが、「金、女、土地」の三つは、三種の財と見なされているからである。

昔、湾岸の或る国で会った日本人は私に、近く行われる人口調査の数が全く信用できないことについて、「この国では、女も羊と同じで財産なんですよ。どこの国だって、自分の財産を正直に申告する人はいない道理ですからね」と、その国の人口が、実際より百万人単位で少なく報告されるだろう、ということを教えてくれた。つまり女性

の数は決して実数が申告されない、ということなのだ。その理由も、この著書の中では明確に述べられている。

「女性は、家族の再生産に不可欠であり、家族成員の成長や繁栄のために重要な機能をもっている。（中略）バルーチュの地主層では、同じ経済的地位をもつ男のところへと婚出する女性も多く、そのおりには、女性は父親から相当の持参財としてナツメヤシ林とそれを世話する農夫を割譲される」

女性が財産だとされる理由は、こんな形でも示されている。

女性は徹底して、家族の中で保護され、結婚してからは、夫やその家族の男性の「監視」を受ける。不貞は一族にとって最高の不名誉だからだ。一般に外国人を含む客たちは歓待されるが、女性は決して彼らの目に触れることはない。

「性的な関係は、正式に婚姻関係にある男女の間においてのみ容認される」、その範《はん》疇《ちゅう》に入らない関係は「部族的生活規範によって厳しく禁じられ、死をもって制裁される」のである。

「パシュトゥーンの諺《ことわざ》にいう『良い女は、家にいるか、墓にいるか、どちらかだ』というのは、自身の名誉が、婚姻や血縁によってかかわらざるを得ない彼らの周囲の女たちの行状によって左右される男たちの不安を物語っているといえる」

だからパシュトゥーンの世界では、一般の道で女性の姿を見ることもない。女性は結婚の時に夫の家に入ると、次に出てくるのは、死んで墓に運ばれる時だけである、というのもどこかで読んだが、まさに日本の女性たちから見ると牢獄《ろうごく》のような恐怖の生涯が待っているのである。

「パキスタンであれアフガニスタンであれ、彼らが国家の十分なコントロールの及ばないところで、独自の政治組織をもって自律的に生活していることを示している。大きな問題については、ジルガと呼ばれる長老会議によって議論し決定がおこなわれるが、基本は、家族、血縁集団が、自らの力によって自らの権利を守ることで、自治が行われるのである。

警察、司法権がゆきとどかないばかりではなく、徴税もおこなわれない。中央政府、州政府から派遣された地方行政官は、部族的な自治が優先される地帯では、あくまでも行政の点と線を確保し、大規模な紛争を未然に阻止することを目的としている。

パキスタンにおいては、地方招集軍（レヴィ）の武力が、部族地域と認定される地方とその辺縁では、重要な政府の側からの活動のための支えとなっている。

アフガニスタンにおいては、派遣された地方行政官は、同じパシュトゥーン人であるという民族意識のうえで、その地方の有力者と同盟することによって、ようやく自らの職責をまっとうできる立場におかれる」

つまりここは、私たちの考える近代的な行政や警察の組織などが一切力を発揮しない土地なのだ。そういう地域がまだ地球上にあるということを、私たちは考えていない。

アメリカはこうした地域について、ブッシュ時代よりは学んでいるようだが、それでも敢えて武力で解決しようとするのは、どのような理由だか、私には分からない。もちろん長い年月を掛ければ、全てのものは必ず少しずつ変質する。それを待つのは賢明だ。

しかし武器でその力関係を一挙に変えようとするのは、まさに暴挙愚挙の類だというほかはないが、それは恐らくこうした土地と人々の心理について、本気で学ばないからであろう。

パシュトゥーン人の生活規範を示す第一の要素は、外部からの客人を、ゲストハウスを作って歓待する、ということであり、第二が「血讐（バダル）をおこなう。近親者を殺されたときには、必ず加害者を殺す」ということである。アメリカのやり方は、つまり彼らの血脈の中にあるもっとも中枢的なものを、正面切って切りつけ、復讐の連鎖を作るというやり方になる。

この松井教授の著書は、これらの土地、または周辺の近似する文化を持つ土地と係《かか》わる人びとのすべてが読まねばならない本である。ことに防衛問題についてPKOとして行く人たちは必読の書である。かつて私は砂漠のアラブについて分からない時、H.R.P.Dicksonの『The Arab of the Desert』を始終参考にしていた。しかし今回からは、この本もその隣に置きたいと考えている。

余計なことだが、出版文化の衰えが言われる時、この九千円以上もする良著が出版されるということは、私に希望を抱かせる。

よい本は多分値段に係わらず必要とされ、売れるのだから、出版人はそういう面にも新たな決意と使命を感じてほしいと希《ねが》っている。

第11章　変化のきざし

二〇一一年十一月十五日付の時事通信によると、北朝鮮は今、中国バブルの波をフルに受けようとしているらしいという。

北朝鮮の生活の一部分でもニュースが流れてきたのは、十五日にサッカーワールドカップ（W杯）アジア第三次予選の日朝戦が行われたので、日本のマスコミが入った効果だろうが、平壌《ピョンヤン》には新しい大百貨店やホテルが続々できたか、目下建設中だという。百貨店もホテルも一日や二日でできるわけはないから、昨年（二〇一〇年）以降、金正日《キムジョンイル》労働党総書記がたびたび中国を訪問しているのも、平壌への投資を容認し、その詰めをしに行ったのではないかと言われているようだ。

これを「中国バブル」と見ている日本人学者もいて、もしこの状態が続けば、北朝鮮がベルリンの壁の崩壊のように、突如として大きな変化を見せる日もそう遠くはないように、私は感じている。

平壌のホテルの建築は昼夜兼行で行われており、軍人も多数動員されている。二〇一二年営業開始予定の百貨店には北朝鮮の人も入れるらしく、今まで外貨でしか買えなかった外国製品が北朝鮮のウォンで買えるようになるという。外国製品といっても中国製品のことなのだが、それでも北朝鮮の人々にとっては、まぶしいばかりに魅力的な品々だろう。

百貨店やホテルができると、多くの北朝鮮「人民」が自然にそこで働くようになり、その現状はどうしても口から口へと伝えられる。人の口に戸は立てられない、とはよく言ったものである。そのようにして大衆は、外国の現状と、豊かさの実態を知る。それが体制崩壊に向けた強力な起爆剤になるのである。

ベルリンの壁が崩壊したのは、一九八九年のことだが、もちろんその日まで、あの悲惨で強固な壁が崩れることもあるかもしれないなど、誰一人として想像することはできなかった。

それより三年ほど前に、私はアルバニアを除く東欧全域を歩いたのだが、すでに私たち日本人には、車の旅行もさして問題ではなかった。車台の下に鏡を差し込んで、密航者の有無を調べることはあったが、どこへでも自由に出入りできたし、緊張した恐怖感を味わったことなどなかった。

外貨をその国のお金に替える時でも、闇値があって、それは危険なやり方だといわれていたが、私たちは人のいい顔をしたお婆さんから、広場の一隅で換金をしたこともあった。銀行まで行く時間がなかったからである。ただしこういうお婆さんでも、簡単な手口でお札の枚数を達者にごまかすというので、換金役の同行者は緊張していた。そのようにして換えたお金で、その地方都市第一の古い由緒あるレストランで豪華な食事をし、後でドル換算してみると、一人前の食事はたった米ドル二ドルにしかならなかったこともあった。

社会のあらゆる面がぐずぐずになりだした、というのがその印象であった。社会全体の構造が緩んでくるというか腐敗してきて、組織のあいだが緩み放題になり、隙間風が通るような感じになってくると、社会形態の崩壊も近いのである。

それを一番はっきり感じたのは、オーストリアの国境を越えてほんの少し行ったところにあるブラチスラバという町へ入った時である。そこには昔から続いていると思われる古めかしいながらきちんとしたホテルがあり、制服を着たボーイは、私を部屋に通すなりテレビをつけて、「チャンネルは幾つ、どことどこの局も入ります」と誇らしげに言った。いずれも西側のテレビ局である。

電波には国境がないのだから当然の話だが、テレビの力の大きさを感じたのはその時である。ボーイでも調理場の人でも、同じホテルの客室に外国のテレビが映れば、否応なく見る。視聴が禁じられていても、隙はあるから必ず見る。第一、取り締まる方だって、本当はテレビを見たいのである。

そうして外国の事情は知れわたる。社会主義政権より、自由主義・資本主義の方がはるかに明るく楽しそうだということは、防ぎようもなく庶民に理解される。西側のドラマも町の様子も四六時中放映されているのだから、以前は、あれは資本主義の宣伝で実態はないのだ、と教えられていても、そんなことはないだろう、あれが日常なのだろう、と次第に分かってくるのである。だからその時私が、これでは社会主義が「保つ」わけはない、と感じたのである。

私の素人的疑問はまんざら的を外れてはいなかったのだろう。それから三年三カ月ほど後に、ベルリンの壁は一夜にしてといってもいいほどの素早さで落ちた。東欧の場合は、「両側」の人々がその崩壊を願うようになっていたからだろう。

もちろんすべてのことは一夜にしてはならない。しかし平壌のこの変わり方は、願わしい変化の萌芽と私は見る。

朝鮮半島の人々は、国を分断されたことのない日本人には理解できないような不幸と悲しみを長い年月、経験してきた。

私の知人の韓国のカトリックの神父は、北朝鮮に残った妹を訪ねたときのことを私に語ってくれたことがある。妹はまず神父という職業がまったく分からなかった。「お兄さんはどうして結婚していないのですか?」と聞くので、神父は「カトリックの神父は、自分の自由意志で、神にだけ仕えるために、結婚はしない約束をしているんだよ」と説明しても、神というものの意味が分からないようだった、と神父は語った。

神を信じるか信じないかはどちらでもいいのだ。私たちは、肯定と否定の双方から選ぶ自由を与えられた。これが社会主義では不可能なのである。

慎みのないことを言うが、ベルリンの崩壊直後の東欧を見るのも実におもしろかった。人間は押しつけられた思想では表面から素早く変わり、物質的変化では内面からじっくり変わるということが分かったからである。

私は壁崩壊からまだ丸一年も経たないうちに再び東欧に行ったが、その時人々が闇市に出入りするという経済行為によって、生き生きと立ち直っているのを見た。それは私がまだローティーンの頃に見ていた日本の終戦後の姿とまったく同じものであった。

ポーランドではアルコール中毒患者が田舎道の真ん中で酔っ払って寝ていたし、ホテルの食堂では、ホテルのボーイが、キャビアの青缶一キロ詰めという資本主義社会でもめったにお目にかかったことのないような代物《しろもの》があるけれど買わないか、と売りに来た。

後から考えれば、それはホテルの食品貯蔵庫から持ち出した盗品だったのかもしれない。もちろんそれはそれ相応のいい値段だったし、私はキャビアにほとんど執着していなかったので買わなかったのだが、それはつまり今日でも、私たち自由主義社会の市民生活では出回らないほどの贅沢品《ぜいたく》であった。おそらく、党幹部専用の贅沢品だったのだろう。

私はその時闇市で売っていたものを記録している。その場で手帖《てちょう》に書き留めなければ、後で思い出すことができないほどおもしろいものばかりであった。

「古靴（たった一足だけだから、デザインもサイズも選ぶことはできない）、古毛布、コーヒー豆、傘、ボール、マイコンの部品、『将軍』というブランドのラジカセ、南京豆、自転車、燭台《しょくだい》、哺乳瓶《ほにゅうびん》、サモワール、ヴィデオ、電気時計、救命筏《いかだ》（飛行機か船舶から盗み出したものと思われる）、インコ、兎《うさぎ》、造花、ジョイント、錠前、鹿の角、水道の栓（多分どこかから盗んできたものだろう）」

「何でもあるけど、われわれ日本人にとっては、質と興味の点で、使えないものばかり」というのが、同行の日本人の印象であった。

東ドイツ軍の軍帽や参戦章、ソ連軍の毛皮の軍帽や貨幣も売っていた。私がそれらに見入っていると、三浦朱門がおかしそうに私に囁《ささや》いた。

「このガラクタの中でまちがいなくほんものは、ソ連軍の軍帽だよ」

彼は何一つものを買わない。だから何か買おうとしている人間には悪魔の囁きをするのを楽しみにしているのである。

「だってちゃんとアカと汗の匂いがしてるからな」

それならダニもついているだろう、と私は思ったから、もちろん買いはしなかった。

しかしその時、もっとも嘘くさく思われたのは、「ベルリンの壁」の破片であった。ただのコンクリートの破片だが、色ラッカーで落書きをした部分が付いているものほど、値段が高い。もし落書きがあるとしたら、それはもう壁が安全なものになり、その近くで何をしようがよくなってから吹き付けられたものだから、ほんとうに死と生が隣り合っていた時代のベルリンの壁は、ただ黙した灰色のコンクリートの破片だけであるはずだった。第一、これほどニセモノを作りやすいものはない。どこかから卵大のコンクリートの破片を拾ってきて、これがベルリンの壁の破片だといえばいいのである。

実はその旅行で、私はベルリンの壁から本当に壁の一部を数個拾ってきたのである。かけらはその辺にまだいくらでも散らかっていたが、今調べてみるとノミとトンカチを二十分間、約五百円で貸してくれる商売もできていた。

私が自分でその場から拾ってきた純正破片は、それ以後私のお宝になった。私はそれを小さな銀のピルケースに入れ、私の書斎の小さな祭壇の前に置いていた。圧迫する側、圧迫され続けた側、どちらもが見せたのは、人間の弱さと愚かさであった。私にとってその現実を象徴的に伝え見せつけた遺物は、それだけだった。私はその破片のうち二個だけを私の知人にあげた。

北朝鮮では約五年前から、携帯電話のサービスも開始されたという。もちろん国内だけのサービスだろうが、こういう自由が、そのうちどこかから「洩《も》れ」を招く。洩れは、禁じられている行為だろうが、実は洩らす方も洩れを見逃す方も、洩れを歓迎しているのだ。洩れは多くの場合、真実を伝える。おもしろいことだ。

その時、私は単純に、社会主義と資本主義とを比較しながら、実に素朴で基本的な相違を記している。ここでそんなことを改めて書くのはためらわれるのだが、今でも日本の中に、社会主義的社会が、人道的であるかのような考えを持つ人たちがいて、それが結構若者に受け入れられているから、やはり書いておくことにする。

資本主義社会の資本家は、特権階級と思われているが、少なくとも日本には、そのような破格の収入を得て、金を湯水のように使える人は、脱税のうまい人か犯罪者以外にない。

最近のオリンパスや大王製紙事件の責任を持つ経営者なら、不当な収入を得ていたのかもしれないが、普通の状態では、実質的に会社で大きな責任を持ち、利潤を得ている功労者が、普通人よりやや大きい収入を得るだけである。この法則は、若者の夢をかなえる上で必要なものである。

資本主義社会でも汚職をし、賄賂《わいろ》を取る人はいるが、社会主義社会における権力者の富の収奪は秘密裏に行われ、資本主義社会におけるようなささやかな規模ではない。資本主義社会では、社会主義ほど強力な権力の集中は現実的に不可能である。税金逃れをしようとする人は絶えずいるだろうが、社会主義のように、権力の構造、財産、収入のすべてがなぞに包まれているようなことはないから、日本でも最近、四億円の出所を、社会があげて明瞭《めいりょう》にせよと騒ぐことができるのである。

ルーマニアのチャウシェスクの作った宮殿は、ヴェルサイユより一メートルだけ長い、と私は聞かされたような気がするが、それは予算も何もなく計画され実行された途方もなく贅沢な宮殿だった。社会主義政権下でも修道院の制度は残されていたが、そこでは司祭の祭服や、祭壇のかけ布を手製で作るので、中に刺繡《ししゅう》の名手といわれる修道女がいるのである。そうした人々の技術まで、チャウシェスクの宮殿建設はただで動員したので、その価値は値段のつけようもないものになった。
チャウシェスクは貧家に生まれ、軍司令官、共産党書記長、ついに大統領にまでなった人物だが、一九八九年十二月、ベルリンの壁が落ちてほんの一カ月後には、第一副首相だったエレナ夫人と共に逮捕され、非公開の軍事法廷で裁かれた後、即日死刑に処された。その時、この宮殿はまだ未完だった。

現実に、二十世紀になってからいかなる資本主義社会の「富豪」も、宮殿を作ることはできなかった。アメリカの大富豪でも、せいぜいで豪邸を建てるか、金ピカのビルを所有できるくらいだ。二十世紀に規模の大小は別としても「宮殿」を建てられたのは、イラクのサダム・フセインやリビアのカダフィなどアラブ諸国の独裁的指導者か、昔ながらの部族の首長が石油を得た後の個人的な富によるものであった。つまり民主的資本主義社会における富は、社会主義政権下の特権と比べるとたかが知れていたのである。

日本ではヤクザが「進歩的」と言われる人を刺すと、これは明らかな「言論への脅迫」といわれるが、社会主義体制の中では、常にはるかに強力な言論と思想の弾圧、処罰、大量の粛清が行われてきたのである。

貧富の差も同じだ。資本主義社会の貧富の差は誰でもが眼で見ることができる。或いは、隠していても多くの場合、いつか表に現れてくる。しかし社会主義・共産主義社会においては、党幹部は秘密で上等の別荘、贅沢な自動車、豪邸などに住め、しかもそれが完全に隠しおおせるという点で、資本主義社会より明らかに便利なのである。昔、私の知人の東洋美術史家は、中国に遺跡を見に行き、田舎の汚いホテルやトイレに閉口した。すると気のいいガイドが、

「××先生、今度は特権階級としておいでください」

といったのである。この日本では使われていない表現の悪気のなさに打たれて、その時怒れなくなった、というのがその人の感慨である。

こういう深刻な不公平や、民意の隅々にまで意識され許されている途方もない特権階級意識や、残忍な粛清の歴史は誰の眼にも明らかになっているのに、日本ではまだ政党の名に「社会」とか「共産」などという言葉が残っていることに驚きを示す外国人もいるし、私もまた呆れている。

一九八九年の終わりから今まで、乞食《こじき》は日本社会にはいないが、社会主義社会にもヨーロッパやアジアの各国にはいた。「ありがたいことだ、どこかにあることは、すべてどこにでもあるか、あり得る」と当時私は書き付けている。

北朝鮮が、物質的な生活の面から、今まで覗《のぞ》いたことのない社会の仕組を国民の多

くが知るようになることこそ、もっとも強力な変化の動機になるだろう。

私がそんなことを言っても全く根拠のないことかもしれないが、拉致《らち》家族の方々には長生きして、変化の時を待って頂きたいような気がする。果物が熟する時には、その香りが豊満な味に先行するように、今その香りが変わってきているように私には感じられるのである。

第12章

想定外の老年

老齢人口の増加によって、さまざまな問題が生じて来たことは、別に日本だけの特徴ではないらしい。たまたま読んだ記事にその一例が挙がっていたのだが、二〇一一年十一月二十四日付のフランスのルモンド紙によると、フランスも高齢人口の増加という深刻な問題に悩んでいる。二〇一一年のフランスの人口は、二十歳未満が二四・六パーセント（一九九一年は二七・七パーセント）だったが、六十五歳以上も一六・八パーセントと、二十年前より二・八ポイント増えた。

「回答者の八一％が『今日のフランスの若者の暮らしは困難だ』と思い、七一％はそれ以前の世代に比べて情況が悪くなっていると考える。一九六八年世代の子供たちの生活は、両親らより貧しい。特に、二〇％を上回る失業率と不安定さの高まりがまず若者を襲う。雇用と、住宅、購買力についてそれは言える」

生活の実感というものは、すべてその底に、何かとの比較がある。もし以前の生活が危険と物質の不足に喘《あえ》いでいるような状態であったら、それと比べて現在の生活がよくなったと感じるのは楽なことだ。

日本には3C時代というのがあった。クーラーと、マイカーと、カラーテレビの三種の神器が三つのCであった。しかし今、仮設住宅にもクーラーは付いている。マイカーがある家庭が特に裕福ということはなく、むしろ若者の車離れが顕著だという。

テレビは私の時代は白黒だったが、今は色つきのものと決まっている。

日本の庶民生活は、ほとんど世界で最高水準にまで達したのである。私流の感傷的な言い方によると、日本は天国に近い国と言える。水栓からそのまま安全に飲める水が各戸に配られ、断水がない。誰もが電気、都市ガス、またはボンベに詰めた天然ガス、の供給を受けられる。

テレビを見られない人というのも例外だ。誰もが、かりに金がなくても医療の恩恵を受けられ、学校にも安全に行ける。誰でもが、特段に高額な出資をしなくても、移動の自由を持っている。今晩食べるものがない、という人はいない。警察や軍隊は、例外の少数者を除いて、正しい目的意識を持ち、その機能を最大に発揮している。
そして日本人は、男女共に世界最高の長寿を記録している。これを地上の天国と言わないで、他の何を天国と言うのだ。

世界の多くの人の暮らしは、決して日本のようではないのだ。電気の恩恵に浴さない人は、大雑把に見ても、世界の人口のうちの約三分の一はいるという。電気がないから、電灯、電話、テレビ、冷蔵庫など、見たことがない人が二十億人近くいる。電気がないと、食物の保存もワクチンの供給も不可能になり、手術、消毒、レントゲン検査などの医療行為もできない。もちろん健康保険や生活保護や無料の救急車などというものの存在さえ知らない。そういう状態がずっと続いているので、たとえばアフリカの広範な地域では、人々は「金がなければ死ぬ」という認識を当然持っている。

水道が自分の家まで引かれていない生活はざらだ。公共の水栓でさえ毎日いつでも使えるということはほとんどない。水道は、週に何日か、それも数時間だけ時間を限って役人の手で共同水栓の口が開けられる。

それを目がけて女性たちはプラスチックの容器を持って長い時間並び、時には罵《のの》り合いをしながらやっと詰めた二十キロほどの重量の水を、遠い道のりを肩や頭に載せて家まで運ぶ。まさに暮らしとは、苦難に耐えることそのものであって、「安心して暮らせる」などという言葉を思いつく人はいない。

テレビの機能がないと、現実問題として、国民全員が参加する総選挙など不可能だ。

立候補者の意見を国民に同じ情況で正確に伝達する方法がないからである。そういう国では、道路も未舗装、金がないから印刷の機能などもなく、印刷物を配る道路も車輛もなく、しかも国民の中には学校へ通えなかったので、結果的に字の読み書きのできない人も多い。

ラジオだけ聞こえる範囲にいても、電気が引かれていなければ電池を使う他はない。しかし総じて電池などというものを買えるのは、大変な金持ちである。金があっても、僻地《へきち》では電池が入手困難という場合も多い上、たとえ売っていても、中には残量のごく少ない中古の電池を騙《だま》して売っていたりする場合もあるから、民衆が共通の情報を満遍なく得るということはほとんど望めないことになる。

一国に、立候補者の公約を文字で読むこともできない国民がたくさんいる間は、私たちが知っているような民主主義的選挙はできないものなのである。

先日、美しい愛国者の王様夫妻の来日で日本にもたくさんのファンができたブータンだが、その現実が、外国の作ったテレビで紹介された。ブータンでは、治水の必要がある箇所があちこちに放置されていて、今、それが引き起こすかもしれない危険回避に、王様も躍起となっているのだという。同時に洪水や渇水の恐れもある。だから国王夫妻が東日本大震災の被災地を訪れたのは、もちろんお見舞いが第一の目的だろうが、それ以上に自然災害に対する対策の勉強が重大問題として頭にあったはずだ。

ブータンの治水工事の現場には一台の重機もテレビに映っていなかった。ランドセルくらいの大きさの石も、すべて人夫が曲げた背中で運んでいる。地盤が悪いので重機が使えない、と言っているが、場所と工法と機械を選べばそんなことはあるまい。つまりその場に合った重機を用意する技術的、経済的力がないのである。

日本には、巨大なブルドーザーもあるが、畳一枚に毛が生えたくらいの大きさのブルもちゃんとできている。そうした細かな重機の機能を使い尽くして、国土も作り上げたし、人間が背中を曲げて重いものを運ぶなどという非人道的なつらい仕事も無くすことができたのである。

ブータンの労務者たちは、八日とか二週間とか歩いて現場まで辿《たど》り着き、やっと仕事にありつく。ということは、地方までをカバーする鉄道もなく、道路も極度に悪いからバスなどの公共の乗り物ももともとないか、あっても一般の人たちはそれを利用するだけの経済力がないか、どちらかということになる。

彼らは教育を受けていない、と番組はきちんと報じていた。しかし建設現場で夏場に稼げたので、これで今年いっぱいは家族が飢えないだけ食べさせられます、と笑顔を見せた。ブータン人の満足度が高いという状態は、こういう背景を元に成り立っている、ということを日本人は認識しているのだろうか。彼らの幸福は、家の中に水道やガスがあったり、毎日風呂に入れたりする生活とは全く別の観点から実感されている。

多くの人が小学校さえ満足に出ていないから、文字の読み書きもできないということは、日本人には考えられないことだ。公共の輸送手段がないということは、子供たちが小学校にもまともに通えないということにも通じている。

日本でも、昔、雪の深い山奥で炭焼きに従事していたような人たちは、学校に行けなかった。数人の生徒のために分校を置くというのは、実に恵まれた社会なのである。当時は山奥で暮らす場合には、学校に行けなくても仕方がないという人生に対する納得があった。日本だって炭焼きが主産業だったような僻地には、自動車道路がなかったのだから、焼いた炭は人の背で近くの村まで運んでいた。

学校に行かなかったので、字を知らない、という人を、私は昔一人知っていたが、学校教育など受けなくても、非常に賢い人であったことが一番印象に残っている。彼は、炭を一度に百二十キロ背負えた、と私に語り、私が或る時そう書いたら、「それは間違いだろう」という読者からの投書があった。私はすぐに当人に再度聞き合わせたのだが、やはり百二十キロであった。

そういう場合はしかし一人で荷物を背負って立ち上がることはできない、という。スタートする時には人に炭俵を背負わせてもらい、途中で休む時も腰を下ろすことはできない。荷物の下に独特の形をした杖《つえ》をかませて、それで重みを取って立ったまま休む。

子供が学校へ行かない理由は、世界的にいくらでもある。炭焼きの場合のように学校までの距離が遠いこともある。アジア、アフリカの各地で共通に存在している理由は、親が貧しくて服や靴や教科書が買えない、ということだ。

しかしこういう話を聞くと苦労知らずの日本人の若者たちは、なぜ政府が救済をしないのか、という。それほど日本人は貧しさの実態が分からないのである。そんな貧しい人たちから全く税金を取れない政府や地方自治体は、そうした福祉に使えるような金をまったく持っていないのだということが理解できないのである。

子供を働かせねば食えないという生活は実に多い。子供は幼い頃から、農業や牧畜に従事するために、家に縛り付けられる。テレビで紹介されたブータンもそうだったが、農業はすべて手作業だ。一台の農耕器具もない。だから稲刈りや麦刈り、羊や牛の放牧、全て大人も子供もやらねばならない。子供を学校にやっている暇などないのだ。

また私の訪れたブラジルの地方の町では、女の子を小学校に通わせると、途中で同じ学校の男子生徒にレイプされるので、危険で出せないという母もいた。学校に行けない理由もさまざまなのだ。

一国に豊かな生活が保障されると、当然寿命も延びる。WHOの調査による二〇一一年の平均寿命ランキングでは、男性の世界平均は六十六歳、女性が七十一歳だ。しかし日本人の平均寿命は、男性が八十歳、女性が八十六歳だ。日本がサンマリノやアンドラという公園のような小さな町の統計を抜いて、世界の文明国の中でもトップを占めたことはやはり評価すべきで、日本は貧富の格差のひどい国だなどという悪評を立てることはできないだろうと思う。

男女別や国別の平均寿命において世界の最低に位置する五カ国は、マラウィ、ザンビア、レソト、チャド、中央アフリカ共和国などで、男女別の統計では、これにスワジランド、ジンバブエなどが加わる。最低はマラウィの女性の四十四歳で、上記の国々でも、四十代後半からせいぜい五十歳までしか生きられない。私たちが八十歳以上を生きるのに、彼らはその半分に近い年月しか現世を体験できないのである。こういう現実こそ残酷な格差というのだ。

マラウィに行く前に、私はマラウィでは貧しい人たちが抗生物質を使う治療をなかなか受けられないから持ってきて欲しい、と頼まれた。抗生物質がなければ、人間の寿命は今でも戦前のレベルに戻るのである。

チャドは、最も交通の不便な国の一つだった。私はこの国に二度行っているが、二度とも陸路を取って奥地に入ることができなかった。鉄道はなく、バスに乗ればあまりの悪路に移動時間の予定が立たなかった。故障すれば、電話もなく、修理屋もなく、パーツもない土地だから、何日足留めされるか分からない。止むなく、日本では考えられないほど安い値段ではあるが、チャーター機を使っていた。

スワジランドは王国で、イギリスの大学を卒業した国王が、現在は十人を超す王妃をお持ちと聞いている。この国も南アも、エイズの罹患率《りかんりつ》が高い。南アは、国民の十人に一人以上の率でエイズが蔓延《まんえん》していた。寿命の低さは、それと無関係ではなかろう。お金があっても、国民の福祉などと結びつかない典型である。

日本人の寿命は、近年もっと延びそうな予感を素人は持っている。テレビの画面でも、街の景色の中でも、知人の話題でも、九十歳を過ぎてまだすたすたと歩いている人や、百歳を越してもまだ頭のしっかりしている人が、普通に登場するようになったからである。

しかしそうなれば、さらに私たちは、この超高齢化社会という全く新しい事態に、自ら対処し、その問題を解決する姿勢を作らねばならないだろう。

東日本大震災が起きた後、一部の人々は、東電や原発推進派の学者などが、こうした事態に十分備えていなかったことを非難した。事故の理由を、想定外の高さだった津波のせいにするのは、卑怯《ひきよう》だというのである。しかしその手の無作為は、高齢人口の増加とその結果についても現に起きつつある。

もちろん昔から人間は長寿を欲した。一度は死ぬ、ということさえ、まともに認識しようとはせず、別離という悲しみを一日でも避けようとして長く生きることを望んだ。

私のハイティーン時代、私たちの周囲にはまだ残酷な死があった。結核は猛威を振るっていた。私のボーイフレンドの一人が、結核の最終的段階だといわれている粟粒《ぞくりゆう》結核の症状を示した時、母は私を連れてこの人を見舞った。感染の危険が非常に大きいので、見舞いには行かない方がいいという人もいたが、母はそういう計算を嫌っていた。

最後のお見舞いになったその日の病院訪問は、恐らく十分かそこいらだったと思う。私たちは別に悲壮な言葉を交わした記憶もない。彼は淡々と礼儀正しい調子で、高熱に耐えながら私たちと話をし、私たちもまだ未来があることを信じている普通の姿勢で喋《しゃべ》っていた。

彼は間もなく、青春の只中で短い生涯を終えたが、私がその結果受けた影響は、長い間、執拗に陰性を示していたツベルクリン反応が、強烈な陽性に変わったことだった。私はそれを病者からの贈り物か遺言だと感じた。

まだ二十代半ばのそうした死を、私たちは最もあってはならない残酷な運命として忌避したのだ。有能な青年たちが、仕事や研究に夢を託しつつ、理不尽に死んでいった。中には、愛する人との結婚を目前に控えた青年の、人生から引き裂かれるような無残な死もあった。

何歳まで生きたら、人間は満足すべきかは分からない。昔は還暦（六十歳）が一つの目標だったが、今は傘寿《さんじゅ》（八十歳）卒寿《そつじゅ》（九十歳）さえも珍しくなく、喜寿（七十七歳）を迎える人は普通になった。

昔から私たちは、小学校で基礎的な知識を身に付け、中学で大体の目標を決め、高校で大学という専門分野を学ぶか、それとも就職するかの大まかな人生の方向を決定することを学んできたのだ。

経済状態が青年たちの生き方を決めるという言い方もあるが、現在の日本では貧家の秀才も、努力をすれば何とか大学で学ぶ道は開かれている。それなのに、ほとんど学ばなかったことがある。それは年寄りの義務、或いは、生き方の技術である。

いつの時代にも独学の道はあった。私は小説を書いてきたので、何でも独学することを好んだ。私が執筆の上で必要な知識やものの見方を教えてくれる学校も私塾もなく、これ一冊読めばいいという本もなかった。またあるとしても、それがその本だと分かるまでに、人はうんと回り道をするだろう。

老年は体験が豊かなので、世間の人たちは自分でそれを見つけるだろうと思う。しかし実はその面の対策はなおざりにされていたのだ。

その空隙《くうげき》を、次に見て行きたいと思う。

第13章　長寿と超高層ビル

二〇一一年の年末から二〇一二年の年初にかけて、前年を回顧する番組がたくさんテレビで放映された。津波の恐ろしさを示す映像は、数カ月かからなければ集まらなかった事実もあったのだろう。中には日本に滞在中の外国人の撮ったものさえあり、それは外国のテレビ局を通じて流されていたと記憶する。津波だけでなく、二〇〇一年九月十一日の世界貿易センタービルを破壊した自爆テロの映像にさえ、私のまだ見たこともない場面が加えられていた番組もあった。

それらの震災の記録の中で、あの地震と津波を目撃したすべての人が語った言葉の中に、ほとんど同一のものがあったのに、私は打ちのめされた。それは、「見たこともない、聞いたこともない、想像を絶したものだった」という言葉だった。それこそ、震災と津波を体験したすべての人が一致して口にした表現だった。

もちろん古文書の研究家や地質学などの専門の学者たちは違うだろう。古い文献を調べれば今回の地震と津波に近い記録はあるのかもしれないし、長年の地質学の研究からすると十分な可能性はあったのかもしれない。しかしごく普通の市井の体験者は、一人残らず「想定外の天災」と言っていた。

それにもかかわらず、一部の世論は、今もなお想定外ということを認めない。人間に想定外というものがあってはならない、という形の、不思議な人間性否定である。

しかし前章から私が触れようとしていたのは、別の想定外の悲劇である。それは老齢と人口増加の問題だ。

私が三十七歳の時、日本女性の平均寿命は七十四歳だった。それで私はこれで人生の半分は生きたことになると思い、慌てて『戒老録』というメモを書き始めた。今なら七十四歳は、後期高齢者以前の、まだ若い高齢者として分類されている。それからの四十三年間に、女性の平均寿命は十二年も延びてしまって、今や八十六歳にまで達したのである。

それは抗生物質のおかげであり、外科的手術に要する技術も器具も飛躍的に伸びたからであろう。ことに新生児の死亡率が極度に減ったからということもあるだろう、と思う。

十九世紀の最後くらいに生まれている私の両親も、夫の両親も、一人ずつ娘を幼時に亡くしている。それが戦前の家庭では、ごく普通に見られた悲劇であった。そうした状況が、著しく改善されて、ほとんどの子供は無事に育つようになったのである。

しかし私が中年からかかわるようになった貧しいアフリカ諸国では、いまだに乳幼児の死亡率は高い。年々よくなってはいるだろうと思うのは、二〇一一年、マダガスカルの田舎町で、一人で十七人生んだという女性がいて、そのすべての子供たちが健在だという話を聞いたからだ。

しかし私が二〇〇七年に訪れたマラウィでは、女性の平均寿命はいまだに四十四歳だということは、前章で書いた。早死の原因は、とにかく栄養状態が悪いから、免疫力がないのである。貧乏で抗生物質が買えない、マラリア蚊を防御できない、飲み水が不潔なので子供の胃腸疾患が多い、帝王切開ができないので出産時に母子ともに死亡する、エイズが蔓延《まんえん》している、と素人でも原因らしいものをいくらでも挙げることができる。

私がアフリカに入るようになった初期の頃は、一千人のうち二百五十人の乳幼児が死亡するという国もあったと記憶する。生まれた子供のうち、四人に一人は死ぬのだから、そのつもりで生んでおかないと、労働力の不足になる、と考えるのが普通であった。

一方で、すでに日本は中絶大国だった。私が『神の汚れた手』という産婦人科の医師を主人公にした新聞小説を書いたのは一九七九年のことだが、終戦後からその時までに、恐らく届け出のない中絶をも含めると一億人以上の命が闇に葬られたでしょう、という医師にも会った。中絶は戦後の日本の最大産業です、と言い切った人もいた。知能は高く、高等教育も普及している割に、中絶の是非に関する日本人の論理はめちゃくちゃだった。「一人の人間の命は、地球よりも重い」という言葉と、「生む生まないは、女の自由よ」というセリフを口にする層は大体同じ人たちだった。

一人の人間の命は、地球よりも重いどころか、十人の命を救うために、一人を犠牲にすることは、今まで数限りなくあっただろう。最近でこそ、「トリアージュ」（治療優先順位の選別）という行為が合法的なものとして認められるようになったけれど、そもそも事故現場に、軽症から死に近い人までさまざまな段階の負傷者がいるような場合、救えそうな人から救出して、希望のない人は後回しにする、ということは、致し方のないことなのである。しかし日本人の中には、あくまで平等に全員を救え、そこに優劣をつけるのは差別というものだ、と主張して平気な空気が常にあったと私は思う。

医学も行政も、必死で人の命を救う目的で働いてきた。そのこと自体、感謝の他はない。しかしその結果がどうなるか、ということは、少しも考えていなかったのは、手落ちであろう。それは決して「想定外」ではなかったはずなのだ。

中国は実に厳しい一人っ子政策を取った結果、近い将来、日本よりひどい高齢化社会が来るという。夫婦二人で四人の親を見なければならなくなる社会の到来は目に見えているからだ。

エネルギー問題は、ここ三、四十年間、たえず多くの不安定要素と戦わねばならなかった。一九七三年のオイルショック以来、アラブ諸国を代表とする産油国の政治的な情勢は落ち着かなかった。それにつられてアメリカの中東への介入も度重なった。一方、ドルやユーロなどの為替相場もたえず波瀾を含んでいた。化石燃料の補給がどのような政治的・経済的落着の末に安定して続くかということは、どんな専門家が衆知を結集しても間違いのない答えを出せそうにはない問題だった。

しかし日本人の寿命の延長と、中国の一人っ子政策の結果の高齢化などは、充分に予測できたことなのだ。

その結果、日本の高齢者は、何の覚悟もないままに、高齢という試練の時を迎えた。政府が、誰かが、この難問を解決してくれるだろう。まさか飢え死にはさせないだろう。動けなくなったときには、誰かが助け起こしてくれるだろう。道端にほっておくともしないだろうから、その時にはどこかの施設に入れてくれるだろう、と老齢世代はあくまで他人を頼ってきたのである。

事実はその通りかもしれない。自分で何とかしようにも、体が動かなくなるのが老齢なのだ。日本人の多くは優しい心を持っているし才覚もあるから、できるだけの援助はするだろう。しかし高齢者の比率が増えれば、人に頼るにも限度があるのだ、ということは誰も言わなかったのである。

先日あるテレビを見ていたら、中年の婦人が、障害を持つ自分の子供と、震災の時、何時間か何日か、連絡を取れなかった不安を語っていた。それでそれ以来、そうした子供たちの避難方法の確立を目指している。誰がどう引き取って、どこへ連れて行き、どんな介護をするかあらかじめ決めておいて欲しい。子供がどういうものが好きか、何に困るのか、避難した後もわかるようにしておいて欲しい、という要求であった。

私の家では、ブラジル育ちの日系の女性と私がそのテレビを見ていた。しかし二人とも無言だった。組織を作って訓練することに誰一人反対するわけはない。施設の近くの高台を避難所に決め、そこに足の不自由な子供たちでも、できるだけ早く到達できるような道や階段を作ることなど、明日からでも取りかからねばならないことなのだ。

しかし平常時の予定が機能しなくなることが、災害時というものなのである。それが「想定外」の状況であって、そこに「非常時」と言われる時間が発生し、人々は「超法規」で何かをしなければならない状況に追い込まれる。停電になると、先進国型の文化の中では、もう命令や規則を伝達できなくなるので、各人の判断で行動するほかはない。そのことさえ日本人は、今でも想像できないのである。

或る時、すべての人がただ生きていればいい、という状態が発生する。泥水を飲み、地面に横たわり、飢えていれば泥の中の野菜を掘って食べ、時には腐肉でも口にする。排泄《はいせつ》もその辺に垂れ流しだ。こういう時に、健常者と違って口でものごとを伝達することのできない子供には、一際手厚い配慮が要ることは当然だ。しかしその子の好きなものまで伝えられるようにしておいて欲しい、というのは無理だろう。

もし特定の薬を飲まねばならない子供なら、頑丈なネックレスにそのことを書き込んだ札をつけて、常日頃から首にかけさせるか、小さな入れ墨で、できるだけ目立たない体の一部にそのことを書き込んでおくほかはないだろう、と私が母親なら思う。

ブラジルの女性は一言「そんなこと、どこの国でも無理ですよ」と呟《つぶや》き、それから「どうしてこの人はもっと他の人を信頼しないんでしょうね」と感想を洩《も》らした。

歴史始まって以来今まで、どの国の人も、人間は哀れみという思いを持って生きて来た。その哀れみを受けて、自分が救われたこともあるし、反対に人を助ける立場になることもある。しかしそこに人がいる限り、子供は皆助けたいと思う対象である。食べ物を持っていたら、分けてやるのは当たり前のことなのだ。しかしその時、子供の好きなものを用意せよ、というのは無理な話なのだ。

この母親は、自分中心なのである。あるいは社会が混乱の中で、最低の生命線を保つことはどんなに難しいことかを想像できないのであろう。

この手の自己中心主義が、高齢者にも増えたのである。しかも年寄りの絶対の強みは、高齢であるということなのだ。今は弱者が強者よりも強い場合が多い。ひきこもりが、社会に出て働けと言うなら自殺する、と脅せば、たいていの親は黙っている。「私はお金がないの」と言われれば、飢え死にさせるわけにいかないから、生活保護に廻す。

しかし人口の四分の一に達すると言われる数の高齢者に、食べさせ、入浴させ、排泄を手伝い、精神的な目標を持たせるために心の支えをせよ、と言われても、もはや絶対の人手不足で、そんな待遇はできない状態になるのは眼に見えているだろう。

私が責めたいのは、長寿社会の実現に与《くみ》した医師や行政官の責任である。年寄りばかりになったら、どうしてその年寄りの面倒を見たらいいのか、ということは、「想定外」だったとは言わせない。津波は予測できないが、長寿社会の出現は予測可能だったからである。

しかしこうなったからには、他人を責めている暇に、高齢者は、めいめいで自分の幕の引き方を、自分の好みで決めておくことが大切だろうと思う。私自身は、安楽死も願わない。誰かを積極的に自分の死に立ち合わせることは、気の毒だと考えるからである。しかし私は、もうかなり前から健康診断を受けていない。がんだと言われても、よほど治療の可能性が、簡単な治療で期待できるのでなければ、多分手術も受けない。優秀な医師の時間を、高齢者が奪うのは罪悪だ、と考えるからだ。

私の目下の趣味的な愉しみは、どうしたらできるだけ病院に行かず、したがって健康保険さえも使わないで生きるか、ということなのだ。ところが、健康診断など受けずに自分勝手な生き方をしている人ほど長寿だと読んで、これも困ったことだと当惑している。

歯を食いしばってものごとをやるという意志の強さは、あまり私にはないのだが、それでも老人には義務が残っていると感じる時はある。それは、自分一人のことだけは、それこそ歯を食いしばってでも自分でやり通して死ななければならない、という決意である。

もっとも自分に皮肉を言えば、決意は決意だけで実行を伴わなかった喜劇的な結末は今までにもずいぶん多かったのだから、これも当てにはできないのだが、それほど健康に問題はなくても、自分の暮らしさえ自立してやっていこうという覚悟のない年寄りも昨今多すぎる。

総じて言えば、昔は私は自分の未来に対してよく計画を立てていた。しかし今は生き方の工夫は必要だと感じても、死に方を考えてはいない。なぜなら、死に関してだけは、自殺以外に私たちが自分でその方法をデザインできるものはないからである。だから考えるだけむだだと諦めたとも言えるし、一人の人間がどのような形で生を終えるかについて、神は多分ご自分の意図をお持ちだろうから、その命令に従うつもりなのである。

神が人間をどのようにお使いになるか、ということは、私にとっては実に興味のあるドラマである。願わくば、あまり大役を仰せつからないように。大役を割り振られると、セリフを覚えるのも大変だし、仕事は疲れる。脇役の通行人のような役を振り当てて頂いて、簡単に旅立ちたい。しかしそれ以前の問題として、自立して生きるための緊張と訓練だけは、義務として怠ってはならないと、私は自分に言い聞かせている。

二〇一一年の回顧のテレビ番組の中で、もう十年も過去のことになった世界貿易センタービルの惨事の場面を何度か見ながら、私はあのビルの姿自体に人間の思い上がりを感じたという他はない。野次馬の声として「あの高いところまで、消防車の梯子《はしご》は届かないだろ?」という声も記録されていた。

すべてのビルの高さは、消防車の梯子の高さまでであるべきだ。もちろん脱出方法は、将来的には他にも考えられる。緊急時にはビルがどちらかにゆるゆると傾いても絶えず繰り出される脱出柵のようなものに、人をくくりつけて次々と下ろすという方法もあるかもしれない。しかし救出の梯子が届かないほど高いビルを作るという発想そのものが、建築した作品が目立つためには、人間を犠牲にしていいという思い上がりの結果のように思える。

それと同じで、ひたすら長寿だけを達成しようとした医学も、「想定内」の結果をおざなりにした責めを負うべきだろう。

いまだに学校では、多分人間の老いも、その結果としての死も、まともには教えていないだろう。だから私たちは独学で、この絶対に必要なことを学ばねばならない。絶対という言葉は使ってはならない、と子供の時からよく母に言われた。ほんとうにその通りだ。

「私は絶対に嘘をつきません」という人は多分嘘つきなのである。しかし現在のところ、「絶対」を使っていい場合が少なくとも一つある。その一つが、「人は絶対に生き続けることはない」ということなのだ。

長生きして手厚く遇されることだけを夢見た老世代も、そろそろ現実を見据えて、自らの終焉《しゅうえん》に備えるべきなのである。

第14章　動じない人々

震災後も私はよく同級生と会って喋《しゃべ》り、簡単な食事をする。そして最近のことを語り合う。皆、大東亜戦争の時、中学二年生だった人たちである。

田舎に疎開して畑を手伝わされていた人もいる。私のように、工場に動員されて、女工として生まれて初めての肉体労働者になったのもいる。初めて薯《いも》を植えてもあまりとれなかったろうし、工場側ではわずか十三歳の女工には、初めから未熟練労働をあてがっていたふしがある。つまりそれだけちゃんと労《いたわ》られていたのだ。そのおかげか、当時の辛さについて、大げさに愚痴を言う人には会ったことがない。

その中で、やや遠慮がちに、三・一一のことに触れることもある。しかし誰一人としてその前も後も今も、全く考えや物の見方が変わったなどと言う人はいないのである。

世間では、新聞にもテレビにも、あの日以来ものの見方も人生観も変わった、という言葉が頻繁に出てくる。そう言わないと災害に遭った人の苦労をないがしろにしているような感じになる世相の中で、高齢者はやや無口である。亡くなった方たちに対して、それはあまりに慎みのないことだとも思うから、誰も大きな声では言わない。

死は常に絶対のものだし、その悲しみには、時代や状況によって軽重はないと、これも骨身にしみて知っているからである。しかしはっきり言うと戦争と比べて、今度の地震の災害など軽いものだ、と心の中ではすべての人が思っているのである。
戦中世代が心の中で自ら押しつぶしている声を、あえて私が代弁すればこういうことだ。

誰もが、家族や家や仕事を失った人が、その悲しみを越えてできるだけ幸福になればいいと願っている。しかし世の中には常に、不幸と不運というものがある。それを私たちの世代は、仕方なく、運命の一環として肯定したのだ。

しかし現代はそうではない。戦前世代はほとんどの人が想定外という状況のあることを認めるが、現代の人たちは、「想定外ということを許してはならない」というのである。それだけ思いあがるようになったのだ。

大正時代、一九二三年には、関東大震災があった。震源地は相模湾、マグニチュードは七・九であった。もっとも明治三十二年生まれの私の母など、マグニチュードなどという言葉は聞いたこともなかったに違いない。

その時の死者は九万九千三百三十一人。行方不明者を合わせると、十四万三千人に達するという。全壊家屋十三万戸、半壊家屋も約十三万戸。

しかし大きかったのは、火災による被害だった。焼失家屋は四十六万五千戸近くに達したという。東京では死者が六万人を超えたが、それは主に火災で逃げ場を失った焼死者であった。当時の庶民の家は、私が子供の頃住んでいた家もそうであったように、木と紙でできていたから、つまり町は薪《まき》の山のようなものだったのだ。

精神的なことは今、脇に置いておくことにして、当時の人々は、関東大震災から多くの現実を学んだ。その第一は耐震建築であった。母のような市井の平凡な女性でも、「それ以来、大工さんたちが筋交《すじが》いというものを入れるようになったのよ」などと、子供の私に説明し、現にそれ以来、日本の耐震建築は飛躍的な進歩を遂げたようである。

今回の東日本大震災でも、地震によって倒壊した家屋は「ほとんどなかった」と当時被災地にいた人は強調する。もちろん皆無ではなかっただろう。私も被災地で、半ば朽ちかけて今はもう使われていない農家の納屋のような茅葺《かやぶ》きが、へたりと落ちているのを見たが、最近流行りのプレハブや普通の民家が倒壊した光景は見ていない。

鉄筋の建物はもちろん、プレハブもあの激震に耐えたのである。設計施工の段階で、耐震の計算が完全だったのと、実際の建築で手を抜かなかったのと、双方の理由からであろう。

二〇〇八年の中国の四川省の地震の時、おそらくは手抜きと思われる杜撰《ずさん》な工事の結果、たくさんの学校が倒壊し、多くの児童生徒が犠牲になった。四川省だけでも学校校舎の倒壊は六千八百九十八棟にのぼり、生徒の死亡者数は一万九千六十五人と発表されている。これは九万人以上とされる死者、行方不明者全体の二割を超えているという。

日本では津波に流された小学校はあったが、校舎の倒壊したところはない。もちろん死者が出た以上、これでよかったことではないが、日本の建築業者は、ひどい手抜きはしなかったのである。

一九九五年の阪神淡路大震災の後、大分経ってから、私は息子夫婦が住んでいた神戸の近くを歩いた。そして個々の悲劇はあっても、日本とは総じて何というよく組織された国になっているのだろうと感じた。息子夫婦は、六甲の山に半分引っかかったようなマンションに住んでいたが、あの地震の翌日には、もうそれを建てた建築の業者が、被害の状況を見に来た。

近くの小学校は被災者の避難所になっていたが、そこには地震当日の夕刻にはすでに無料の牛乳が確保されていたという。息子の妻はそこを通りかかると、「奥さん、牛乳を持っていらっしゃい」と言われた。当時、孫はすでに小学六年生になっていたので、彼女は「うちの子供はもう小学校六年生ですから、牛乳はなくても済みます。小さいお子さんにあげてください」と遠慮した。すると「じゃ一本だけお持ちなさい」と言われたので、牛乳好きの息子を持つ彼女は、喜んで一本もらって帰った。誰かが、無料の牛乳を闇で売るようなこともなかったのだ。

戦争中のことを知る世代はもうだんだんいなくなりつつある。苦労した話など得意気に喋るのも嫌味なことなので、皆過去に関しては寡黙になっている。しかしあの戦争の時には被災者の救援も、戦争による物的被害に対する補償などというものも全くなかったのだ。

一九四五年三月の東京大空襲の夜、私は一晩中消火活動をしていた。すぐ裏の数寄屋造りの豪邸が、焼夷弾《しょういだん》で焼け、私の家はその火の粉の雨の下にあった。消防自動車が来てくれることを期待した人など一人もいない。東京中が燃えたあの日、僅《わず》かな消防車などどこにいるのかわからなかったのだ。私は消火活動中に、手に何カ所か小さなヤケドを負っていたが、それを傷だとか被害だなどと感じる瞬間もなかった。ただ私は生きていてよかった、と感じていた。空腹も感じなかった。水道は出ていたかどうかも記憶にない。

三月十日、東京上空の太陽は全く光を失っていた。晴れの日だったのだが、濃い煙で太陽は光を失い、蜜柑《みかん》みたいに空にぶら下がっていた。

そこへよれよれになって叔母《おば》がやってきた。煤《すす》と汚れで顔がまだらだった上に、叔母は煙で喉をやられていて、囁《ささや》く程度にしか声が出なかった。叔母夫婦は三人の息子たちと本所に住んでいた。そして叔母は私と同い年の息子の一人の手を引いて火の海から逃れたが、叔父《おじ》と連れていた他の二人の息子たちは、行方知れずになっていた。その手の悲劇は、至る所にあった。

その日、叔母はまだ夫と息子たちは、離れ離れになっただけでどこかで生きていると思っていただろう。私の記憶では、彼女は泣いていなかった。誰も泣く元気などなかったのだ。十三歳の私は、叔母がどうして一人でうちまでやってきたのか、息子はどこに預けたのか、聞いていない。母は、人によくものをあげる性格だったが、その母がどんな食べ物を叔母に与え、何を持たせてどこへ帰したのかも知らない。

避難所とか、被災者の登録とか、被災者への救援物資の補給とか、そんなものは全くなかった。水も食料も配られなかった。人は自分の力で思い思いに生きているだけだった。町の開業医は、ヤケドを負った人が来れば診療したのかもしれないが、多くの医師は軍医として徴用されていたし、傷薬だってヨードチンキと軟膏《なんこう》くらいはあったかもしれないが、包帯さえ貴重品だった。

人々は自分の力で生きる他はなかった。今なら回遊式の池に、高価な緋鯉《ひごい》などを飼っていたような家の焼け跡に、その家の人が、文字通り掘っ建て小屋を作って住んでいる光景もざらだった。鯉はとっくの昔に食べてしまっていただろう。家の材料は、焼け跡に残ったわずかな板や、ひん曲がったトタン板の残骸だった。雨さえまともには防げなかっただろう。

それに比べて、私の家は焼け残った。焼夷弾の直撃が、ウチにではなく、我が家の裏のうちに落ちたからだった。私はその時から、子供心に、平等などというものを信じなくなった。家が焼け残ったという幸運は、私たち家族が行い正しかったからでもなく、為政者にワイロを贈った結果でもなかった。それはただ運が良かったからであった。

私の家から数軒しか離れていない大きな家は、こうした空襲の間に、家を売って東京から逃げることを考えていた。誰もがそのほうが利口ではないか、と思っていたのだ。あらゆる家はいずれは空襲で焼かれると考えられていた時期に、買い手はなかなか見つかるものではなかった。

その家は結局、終戦の一週間前に買い手がついた。うまく売り逃げたねぇ、と言っていた人もいたが、一週間家が売れなければ、その人たちは、戦後かなりの財産を確保したことになった。私の親たちが昭和十年くらいに移り住んだ郊外の分譲住宅地は、戦後高級住宅地ということになったからだった。

今私の手元には、東日本大震災から一年目の新聞の記事が溢《あふ》れている。切り抜きは、整理が悪いので、順不同になってしまった。だから私の思考も順不同にする他はない。

「災害時の連絡悩む保育園」という記事がある。終戦の前後、子供など誰も預かってくれなかった。子供の運命は親がただ傍《そば》に置くという形で見る他はなかった。それでもたった五十センチの差で、親は生き子供が死んだり、その逆もまたあったのだ。

「消えぬ不安、ＰＴＳＤ」という記事は、昔と今日の違いをまざまざと示している。そもそもＰＴＳＤ（心的外傷ストレス障害）などという発想もなかったのだ。誰もが一人残らず、心の傷を受け、それをいささかの周囲の人たちの温かい庇護《ひご》を頼りに自分で傷を犬のように舐《な》めて治す他はないと思っていた。明日の空襲で殺されるかもしれないのだから、継続したＰＴＳＤの状態にあることが、当時はノーマルだったと言える。

三月十一日の新聞アンケートでは「現在、心身の調子を崩していますか」という問いもある。一九四五年頃、私は栄養失調で、傷が治らなかった。レントゲンの検査では肺にかすかな陰があると言われたが、まだ結核というほどではなかったし、誰もどうにもできなかった。

「余震や新たな津波、原発への不安はありますか」という設問もある。戦争の時、「新たな空爆や栄養失調に対する不安はありますか」と誰も聞いてはくれなかった。次の空襲はいつかアメリカに聞いてくれ、という感じだったからだ。

「住んでいた土地に戻りたいですか?」

終戦の後、同じ質問を受けたら、当時の大人たちはどう答えたのだろう。あの頃の人たちには希望と選択の余地が一切なかった。生きることさえ誰一人として保障されていなかったのだから、居住地の選択など論外であった。

「住んでいた地域は復興できると思いますか?」

これも昔だったら、奇妙な設問に感じるだろう。国家がつぶれかかっていたのだから、一つの都市や町や村が、復興するかどうかなど問題にならない。考えられるだけ、余裕があるのだ。或いは、人間が努力すれば町は復興できると信じられるのは、確実に一種の贅沢《ぜいたく》であった。

「今後の生計のめどは立っていますか？」

生計のめどなど立っていなくても、多分人間は生きる。戦後の人たちはそうして生きた。現在のアフリカの貧しい国々の人たちも、めどなどなくても生きている。ただし生きるという言葉に含まれる条件は違う。子供が学校に通えなくても、生きることは生きることだ。盗みの才能があれば、妻子は養える。

「当座の生活資金は充分にありますか」

この問いに対して、東北の人たちの中で「全くない」と答えた人は八十二人中四人、六パーセント。「あまりない」と答えた人が二十一人で全体の二九パーセントに当たる。全くなくても、人はたぶん生きている。自殺しない限り、現在では生活保護という制度がある。矜持《きょうじ》という人間性さえ捨てれば（あえて言おう）これは天国の制度だ。飢え死にすることはない。

終戦後、焼け跡をふらつく「浮浪児」と呼ばれる子供たちがいた。日本だけではない。十年ほど前にモンゴルに行った時にも、手にしたバラの花も瞬時に凍るという零下三十度にもなる冬のモンゴルで、親もなく住む家もないストリートチルドレンが生きているという話を聞いた。

「寒さをどうして防ぐんです？」

と私は尋ねた。すると彼らは、地下に通っている温水管の傍で生きているのだというのであった。

「現在、震災前に近所づきあいをしていた人が近くにいますか」「現在、親族以外で気軽に話ができる人が近くにいますか」という質問もあった。戦争中も戦後も私たちはばらばらになった。それがそうした災難につきものの結果だと皆覚悟していた。学校の友人もばらばらになった。しかし生きるためには、それも仕方がない、と親たちが教えた。生活はそれほど厳しかった。

今日、政府や行政に望むのは、一番多いのが住宅建設、経済支援、ついで驚いたのが情報提供という項目である。昔、情報提供などという利便性を考える人は誰一人としていなかった。新聞は今より多くの人が読んだが、大本営発表という一言で言うと「虚偽の報告」を伝えるのに一番熱心に働いたのは、NHKと今も続いている日本の大新聞だった。

いつだって望みが叶えられればこんなにいいことはない。しかし今から七十年近く前、全日本が傷ついた戦争の時、人間の希望が、政府によって叶えられるなどということを期待する庶民はほとんどいなかったのだ。当時の日本人は壊滅した日本の国土の中から、自力で立ち上がった。政府がしてくれないことは、すべて自分たちでやる他はない、と知っていたのだ。

「もし日本人の全部が東大法学部出身だったら、彼らは議会と裁判所を作ることに奔走して餓死したでしょう。もし日本人の全部が慶応出身者だったら、彼らはキャバレーとナイトクラブを作って楽しい戦後を演出したでしょう。そして日本人がすべて我が日大出身者だったら……闇市と食堂を増設し、立派に健全な日本を復興させたでしょう」という笑い話をしてくれた闊達《かったつ》な日大卒業生もいたが、生きていることは、それほど創造的だったのである。

しかしいずれにせよ、戦争を体験した者たちは、今度の震災などに、いささかも動じない。人生には、もっともっと激しい貧困、不法、不平等、危険、人間の愚かさの結果としての空しい死があることを知るという、人間としての基本を身につけてもらったからだ。

第15章　現実を見る力

この原稿を書いているのは、北朝鮮がミサイルを打ち上げて失敗した翌日、二〇一二年四月十五日である。これで警戒態勢が解けて皆ほっとしたというものであろう。すべてものごとはいいだけのことも悪いだけのこともない。自衛隊が沖縄近辺に展開して、「万が一」の場合に備えたのは、途方もなく予算を食うことだったろうが、これで日本の防衛システムの一部の演習ができたともいえる。

問題として明るみに出たのは、日本政府（野田内閣）の発表遅れであった。北朝鮮がミサイルを発射したのが、午前七時三十八分過ぎ。米軍の早期警戒衛星が発射の熱源を感知して、情報を送ったのが七時四十分。総理官邸には、防衛省経由で四十二分に届いた。

実はこれにも私はびっくりした。昔のように伝令が紙に書いた報告書を届けるのとはわけが違う。米軍の通報は、総理官邸と防衛省が全く同時に受けるようにすることはいとも簡単なことだろう。

八時七分、総理官邸対策室は「発射を確認していない」と発表した。

結局、日本政府が「発射」を公表したのは、発射後四十分あまりも経った八時二十三分の防衛大臣の記者会見でだったという。このあたりののんびりとした時間の経過も、大東亜戦争の時みたいな話だ。「御前会議に時間を取ったのかな」と私のような年

齢では皮肉を言いたくなる。

藤村官房長官（当時）は「米軍の衛星だけでは誤情報もある」「燃料試験なのか短距離ミサイルなのか、確認できなかった」から発表しなかったのだという。

どうも私にはよくわからない。それならそれで、これは米軍の情報で自衛隊は確認していない、と、米軍に責任をなすりつけて事実通りに言えばいいことではないか。なぜ自衛隊が確認できなかったのかは、後の問題だ。

自衛隊の技術が悪かったのか、観測地点が足りなかったのか。そもそもこうした問題を米軍に任せておくという事態そのものが、防衛の基本ができていないからなので、日本国民もその危険性をよく知るべきなのだ。

自衛隊の面子《メンツ》があったのか、それとも自衛隊の官僚組織が当時の民主党政権にウラミを持っていてイジワルをしたのか、私には全く分からないし、知る必要もないことなのだが、情報の第一報というものは、別に頭から信頼できるものである必要はない。

情報は、第一段階ではあやふやなものだが、受けた瞬間からその誤差を分析するのが大きな仕事なのである。もっとも東日本大震災の時には、あの混乱の中で、国民の多くが早く正しい情報を出せという、無理難題、神業のような要求を政府に吹っかけた。以来、政府は情報発信に恐れをなすようになったのかもしれない。

藤村官房長官は、ミサイル発射が失敗したと判断したから公表したと言ったが、これもおかしな話だ。国民が求めていたのは、むしろ危険の警告なのだ。もしミサイルが失敗せずに予定通り飛び続けたら、このテンポでは全く国民に知らされないことになる。

今の政治家、いや日本国民全体が、戦争を体験として知らないのは当然だとしても、知識としても知らなさすぎる。今回のことでは、「全国瞬時警報システム」(Jアラート)というものが、作動しなかったその理由も私たちはいろいろ読まされているが、要するに、訓練が足りなかったのだろう。中には電源が入っていなかったなどという例もあるらしいが、すべてこれらは、非常事態に対応する人間の緊張が足りないのである。

昔、私は鹿児島県の内之浦で、東大のロケットの打ち上げが行われるのを見学に行っていたのだが、発射直前になって不具合が見つかると、打ち上げ延期が発表される。そんなことが時には、一度ならず続くと、新聞記者たちは鬼の首でも取ったように会見の席で、

「また、初歩的ミスですか」

と担当の教授に詰め寄るのであった。するとこの手の記者たちを扱うのに慣れている教授は、にっこりと笑いながら、

「ええ、ミスというものはすべて初歩的なものなんです」

と答えたのを今でも覚えている。

こういう急場には、どのように責任を限定しつつ、情報を公開するか、私には大した技術とは思われないのだが、それが一種の闘いなのかもしれない。その技術には日本語を駆使できる能力も要求されるし、記録の撮り方の取材方法に練達も要る。しかし、「闘い」において「敵」を目前にした時、何よりも必要なのは、重大なことから些《さ》細《さい》なことにまで、どれだけ最悪の事態を予測できるかという才能だろう。

大昔のことだから嘘かほんとかは分からない部分もあるだろうが、アレキサンドル大王という人物は、作戦・兵站《へいたん》の段階で、最悪の事態が起こることを予測する達人だったと言われる。兵站とは最近あまり使われない言葉だが、「後方支援」「後方にあっ

て車輌・軍需品の前送・補給・修理、後方連絡の確保などに任ずる機関」だと辞書には出ている。

とにかくアレキサンドルのこういう面を或る本で読んでから、私は今でも遅くない、もっとアレキサンドル大王のことを読もう、と素朴な決心をしたくらいである。

私は人生は最終の判断では、その人の運が大きく成功不成功の要因を占め、人間の努力などほんの一部だと思っているのだが、一方現実の生活では、いつも兵站の視点で、絶望的展望のできる人とでないと、話が合わないような気がする。

つまり、私は暗い話ばかりする人とも付き合いたくはないのだが、不運を予想しない人とも根本のところで性格が合わない。そういう人は、人道とか、平和への決意などさえあれば、必ずいい世界が築けるなどと思い、人生には「想定外」の無理難題があるということを決して認めない。

現実には世間はむしろ望ましからざる方向に想定外ばかりである。宝くじで何億、何十億と儲《もう》ける人より、京都の一見静かな細い通りを楽しく散歩している人が、突然、意識を失う病気を疑われる青年の暴走車に轢《ひ》かれて死亡するなどということは、完全に想定外のことだが、日本でも毎日のように「想定外」のことが起きているのである。

しかしいつも思うことだが、政府の広報に関する技術はいつも何と素朴なのだろう。

他の人の非ばかり責めるのが好きな国民にやっつけられる責任逃れをしたいと思うなら、それに沿ったやり方もあるのだ。

私一人の歪《ゆが》んだ印象かもしれないが、最近の日本人は、自分の眼で、ものごとを見ようとしなくなった。昔はもっと素朴で、誰が何と言おうと、自分の眼で見た通りを信じる姿勢があったのだ。

神聖な御札を、便所の草履みたいな汚いもので踏んづけたりすればバチが当たると、親も世間も言っていたから、福沢諭吉は、本当にそうかどうか実験してみて、バチなど当たらないことを確かめたのである。

その一つの表れと関係ありそうなのだが、最近の若い世代に多い喋り方で気になるのは、会話の途中でいちいち相手の承認を取りつけるようなイントネーションがあることだ。

「それで、その時ボクは、皆の確認？　を取ろうとしましてね」

確認？　の後で語尾をあげて一呼吸おき、一瞬こちらの顔色を伺うのである。こういう喋り方をする人は、政治家にも会社員にも学生にもいる。知能も高く、それなりの安定した身分も地位も地盤も持っている人ばかりだ。何も相手の顔色を窺《うかが》うことはないのである。慎ましく、思った通りを述べれば爽《さわ》やかなのに、いちいち相手の出方を見るのである。自分にも見えていることが、人とあまりちがっていないことを確かめていないと不安なのだろう。

それに気がついたのはもう何年も前のことである。その頃、私は何度も、インドの真ん中、ちょうどお臍《へそ》のあたりにあると言いたいようなビジャプールという工業を中心にしただだっ広い田舎町に入っていた。私の働いていた援助組織が、インドではヒンドゥの階級制度で最下層と言われる不可触民《ダーリット》の子供たち専用の学校を建てることになって、その途中や完成した後で、度々確認に行かねばならないことがあったのである。

ビジャプールに行くには、南部のバンガロールというインドのシリコンバレーと言われるIT産業の中心地から、列車か自動車で行くしかない。道路はたった六百キロほどなのに、列車だと十六時間、自動車だと十三、四時間だから、私たちはもっぱら車で往復していた。

私はビジャプールを「豚の街」と呼んでいた。早朝まだ暗いうちにバンガロールを出ても、そこへ着くのは暗くなってから。私はへとへとでたいてい車の中で眠りこけていた。ふと「ブウブウ」というけたたましい声が聞こえるので眼を覚ますと、ぬかるみの道の両側にアセチレンガスの哀しい光源を並べたみすぼらしい小屋掛けの店が並んでいる。啼《な》き声はそのあたりにうごめく放し飼いの動物のもので、それがこの町で「汚物処理」を引き受けている放し飼いの豚たちなのであった。

私の仕事というのはいくつかあったが、たとえば私たちが日本からの資金で建てようとしている学校が、その時も将来も、不可触民の子供たちのために確実に使われるか、ということであった、運営するのはヒンドゥ教国インドでは少数派のカトリックのイエズス会の神父たちだったので、私はつい通俗的な心配をしたのである。

私たち日本人がお金を出して学校の校舎を建てれば、秀才の学問僧の神父揃いで有名なイエズス会は、それを優秀な学校に仕上げるのは眼に見えている。それは日本ではすでに実験済みのことであった。

イエズス会が、たとえば栄光学園のような有名校を作って、東大京大などの一流大学への進学率を伸ばせば、そこにはあらゆる優秀な生徒が、地元だけではなく、日本の各地から集まってきたのである。もしそれが寄宿制度をもつ学校だったら願ってもないことだ。

それにカトリックも日本人全体も、いい意味で宗教に関しては寛容で開放的だったから、この学校がカトリックの信仰に支えられているなどということはあまり問題にされない。気がつくと、生徒の父兄にはあらゆる宗教の人たちがいて、しかもそれがいささかも不都合にならなかったのである。

もしインドでイエズス会が質の高い教育を始めてくれ、数年たって私が行って調査してみると、生徒には不可触民の子供がほとんどいなくなっていて、もっと上級カーストの子供ばかり、ということになっていたら、私たちの意図には外れてしまう。

この質問をしっかりと相手の神父にぶつけるためにも、私はインドに行ったのだが、神父の答えは、誠に明快なものだった。

「心配しなくていいですよ、曽野さん。ヒンドゥの人たちは、決して自分より下の階級の子供の行く学校には、自分の子供たちを送りませんから」

と言うのである。

私たちのインドでの仕事は、元を正せばこのヒンドゥの階級制度との闘いであった。ビジャプールの貧しい人たちの子供に、初等教育の恩恵さえ完全には与えられていないのは、ムンバイあたりに住むヒンドゥの金持ちたちが、奥地のビジャプールに安い不可触民の労働力を確保しておいて儲けるためで、不可触民たちに教育を施して意識の向上を図る気は全くないのだ、とはっきり言う人もいた。

私は何度か、この土地に日本人を連れて行った。何らかの意味で関係が見つけられそうな人や、教育関係者も誘った。日本は経済格差もひどく、あちこちで差別も大きい国だと言い張る人には自分の眼でインドという国の実情を見てもらうのが、誰にも強要されることのない自由な答えを出すのに便利だろうと思ったのだ。

しかしある時、一人の教育関係者が、帰国後書いた報告文を読んで、私は頭を抱えた。そこには、「インドには差別などなく、子供の眼は輝いていた」という意味の文章が載せられていた。

確かに子供の眼は輝いていただろう。彼らはおおむね健康だったし、何より新しい彼らの学校は充分自慢してもいいものだった。彼らの多くはビジャプールにいくつかある広大な貧民地区の、わずか四畳か六畳くらいの小屋に、大勢の兄弟姉妹とごろ寝をして生きていたのである。小屋には暗い電球が一灯くらいしかなく、水道も少し離れたところに共用の水栓が、週に二、三日、数時間開くだけであった。附近の沼やドブは悪臭を放っており、人々はおそらくそこをトイレに使っていた。

二階建て鉄筋の校舎が自分の通う学校になるなどということを、このスラムの子供たちは夢見たこともなかったのだ。日本の子供なら、たとえ自分の家がオンボロの平屋でも、町へ出ればデパート、市役所、病院などで自由に二階三階に上がれるし、エスカレーターやエレベーターの体験がない子供などどいない。

しかしこうした子供たちには、今までそういう場所に入る機会もなかったので、自分たちの学校で二階の高みにまで上がれることは大得意だったのである。

その視察の旅の間、私たちは神父とも、法的にはないものの、れっきとしてインド社会を動かしている階級制度の実態について語り続けてきたのだ。そして私はその会話の中身をできるだけ多く、同行の教育関係者に通訳してきたのである。それにもかかわらず、この人は、現場まで行ってもまだこういうレポートを書いたのである。

もうひとつ驚く体験があった。それは私が日本財団で働いていた時、年に一度ずつ、霞が関の若手の官僚たちにほんとうの飢餓や貧困を見せるために、アフリカへの旅に同行していた時だった。

アフリカでは豊かな国のトップだが、南アフリカ共和国には、何カ所か広大な貧民街が広がっている。それをバスの窓から見るのが、こうしたグループの最初の体験だった。貧民地区の特徴は、家がすべて小屋で、その屋根はトタン葺《ぶ》き。トタンが風で飛ばされるのを防ぐために、上には石、材木、古自転車、破れソファ、錆《さび》だらけの冷蔵庫などが置いてあることだった。

そうした広大な町を見た時、同行の青年の一人は、それが西側世界の人々に見せるために「作った貧民街」だと思ったというのである。私たちはそこからガンジーの抵抗運動の発祥地になったダーバンに行き、そこで私は頼んで、そうした貧民街を現実に一時間ほど歩かせてもらった。

トイレも共同、選挙のときには候補者が自分の名前を書いたトイレを運び込んで、終わればまた撤去してしまう、という話も聞いたし、わずか畳四、五枚分の小屋の前の空き地に芝生を植えている人と私は、楽しく園芸について話したりした。そこで初めてその青年は、貧困の町がホンモノであることを知ったというのである。

日本人は眼で見たことを、知識の力であらかじめ選り分けてしまい、これが絵に描いたものか現実なのかを見る力さえ失っているのが現代なのだ。

第16章　爽やかな夕景

この六月（二〇一二年）に、昭和大学の形成外科のドクターたちが、マダガスカルの貧しい家庭に育つ口唇口蓋裂《こうしんこうがいれつ》（昔は兎唇《みつくち》と言った）の子供たちに、無料の形成手術を行うために出発するということになった時、私はごく自然に、去年初めてこの「昭和大学マダガスカルプロジェクト」を手がけた一人として、今年くらいはもう一度、後方支援《ロジスティックス》に同行することになるのか、と考えた。

ほんとうは、楽して怠けていい年になっているし、私は足の怪我《けが》以来、運動能力は人並みどころか半人前になっている。だから「もう年で行けません」と言ってもいいし、話が煮つまる前に「アフリカ？　私にアフリカはもう無理よ」と言った方が周囲の人もほっとするということもわかっていた。それに私は、どんな人が欠けても、地球上のすべてのことはそれなりに動く、と信じているのである。

ただ私の感覚では、アフリカで行うプロジェクトだけは、先進国で仕事をする場合と少し違っていた。当たり前のことが、決して規則通りには動かないのである。

一番卑近な例は、我々は普通、飛行機に手荷物として預けたものは、ほとんど間違いなく目的地で出てくるものだと思っている。しかし私は今までに何十回もアフリカを飛ぶ飛行機に乗ったのだが、全部完全に荷物が出て来た例の方が少ないような気もする。

私たちはたいていの場合、グループで移動していたのだが、仮に四十個の荷物を預けると、そのうちの三個とか七個とかが出てこない。

この紛失した荷物は実は数日後に届けられる場合が多いのだが、行き先を突き止めてもらってみると、パリの空港に残されていたとか、なぜかロンドンに廻っていたとかで、荷物はいじらしいばかりに後を追いかけてくるのだが、私たち本隊は、着くとすぐその国でドサまわりをしているので、その荷物は週に、二、三回のローカル便を利用しても、私たちの旅程になかなか追いつけないのである。結局、帰る前の日に持ち主の手に戻ったということさえあった。

私の性格はこの間に形成されたと言えなくもない。すべてのものごとを信じなくなって、用心に用心を重ねるようになり、たえず支援策の代行の方法を考えているような、ロジ向き神経に私がなったのも、ひとえにこのアフリカの航空路のおかげと言っていいのかもしれない。

個人の荷物が紛失しても、実は私はほとんど同情しなかった。チェックインした荷物にパソコンを入れておくほど、日本人は不用心なのである。そのパソコンに、彼の働く役所の「国家的機密情報」が入っていたらどうなるの、と私はマンガ的に考えるのだが、パソコンなどは、必ず身につけて携行しなければならないものなのだ。昔の外交官は重要文書を入れたカバンを手首に鎖でつないでいたという話さえある。

私自身は荷物がなくなってもほとんど困らなかったのは、機内持ち込みの小さなカバンの中に、どうにか生活できる程度のものを常に携行していたからである。

外科手術の技術移動の場合のことなど、私はあまり考えたこともなかった。小説家は、何がなくなっても、出先で紙と鉛筆さえ買えば、仕事は何とか続けられる。しかし外科医たちが途上国で治療をする場合は、たった一個なくなった荷物に、手術用の針と糸が入っていたらどうなるのだ、ということなのである。

前年、第一年目の「昭和大学マダガスカルプロジェクト」が行われた時、成田から私たちは一トンを超す貨物を、同じ飛行機に積んで運んだ。成田でそれらが無事に積み込まれることには私は危惧《きぐ》を抱いていなかったが、途中バンコックで別の航空会社のフライトに積み替えられる時に、百二十個の荷物の一部が積み残される危険は充分に考えられた。

関係者が奔走してくれたこともあって、百二十個の荷物が全部マダガスカルの首都アンタナナリボの空港のターンテーブルに出て来た時は、異様なほどの個数に飛行場にいた人々は驚き、現地で数十年旅行会社を経営しているという日本人の社長は、こんな大規模な輸送作戦が無事に成功したことは見たことがない、と言ってくれた。

力仕事はもともとできない上に、端迷惑《はためいわく》になるかもしれないことを考えつつ、私が今年もアフリカへ行くことにしたのは、こうしたやや特殊な輸送方法に関する用心と、先方の「事情」に合わせた配慮が要ることを、私たち支援のメンバーに仕組みとして覚えてもらうためであった。それがノウハウとして定着すれば、もう私の出番はないのである。

あちこちで受取の出ないお金を出す役目をする人間はどうしても必要であった。それは日本以外のほとんどの国で、一種の必要悪的「潤滑油《じゅんかつゆ》」として認められているもので、そのささやかなお金さえあれば、不機嫌な役人もハッピーになり、ことはスムーズに動く。そうしたお金があれば、ちょっとしたものを盗もうとしている可哀相なジャリンコさえも、逆に私たちの代わりに盗みを見張る役に使える、というものであった。

こうしたお金を私は必ず何がしかの働きのお礼として払ったが、それは日本人的センスによれば、必ずしも必要がないものである。しかしどこの国にも、インドやアラブなどでは「バクシーシ」などという言葉で言われる小さな金の授受がなければ、現実問題として仕事はできない。

ところが、日本の役所が見張る財団法人の枠の中だけでの支出では、こんな金はどこからも出ない。必ず私のように底の破れた財布を持った人間が一人いる必要がある。私はその役を表す英語風の役職名を創作したのだが、それは「ワイラー」というので、公費でワインを飲みたがる人間のことを指すという説もあるが、私はお酒を飲まないし、原語は日本語である。

しかしほんとうのことを言うと、私の健康状態には少し問題が出ていた。内臓はどこも悪くなく、リューマチ反応も出ていないのだが、考えてみればもう数年も前から、私は体のあちこちに鈍い疼痛《とうつう》を覚える筋線維疼痛症という病気とも言えない病気にかかっていたようであった。

この原因不明で治療法も別にない一種の免疫不全は、途上国においては少し不便なものであった。何しろ国中にエレベーターとかエスカレーターなどというものがほとんどない。私は初年度にマダガスカルの現場の病院の、手すりのない石の階段から落ちて頭を打ち、ほんの数秒間意識を失った。口の悪い友人が、「あなた、病院の石段を頭で壊して来たんだって?」と言うのである。この事故は結果的には何でもなくて、日本へ帰ってから受けた検査では、頭蓋骨《ずがいこつ》に罅《ひび》の跡も見られない石頭だということがわかった。

しかし、夫は私がアフリカへ行くのを何とかして婉曲《えんきょく》に止めようとしていた。私が時々、自律神経失調症で、頻脈《ひんみゃく》・結滞《けったい》を起こすのを口実に、自分の心臓の主治医に私を差し向けて、もう年でもあるし、アフリカなど行かない方がいい、と言ってもらおうとしているのが見え見えであった。ところが私は、脈の不調でもほとんどお医者に行かず、ほっておくと治る、という経過をうまく辿《たど》っていたのである。

しかしアフリカ行きの日程が迫った頃、ついに私は夫の顔を立てて、夫の心臓の主治医のところに出かけた。前にこの先生に心電図を取られた時、あまりのきれいな波形に我ながらうっとりし、こういう心電図は、医学図書の出版社に、「正常な心臓」の見本として掲載してもらうように売り込むか、新しく出版される私の本に、「著者近影」として出してもらうか、などと考えたくらいだったのである。

私はまずドクターに、こんなことくらいで伺って先生の大切なお時間のお邪魔いたしまして……と心から謝った。それから、私の体の痛みが最近では少し変化して来て、微熱が出ると怠け根性が起き、痛み止めでも風邪薬でもとにかく薬というものを飲むと、眼の角膜が乾いて傷つき、時にはかなり激しく痛むようになったので、薬は漢方薬と、貼《は》り薬くらいしか使えなくなっていることを話した。

私は近年、健康診断というものを一切受けていない。ただ痛みは止めてもらわなければ辛いので、アスピリンという薬を思い出して飲んだが、これは無事だった。小津安二郎の映画なら、主人公はアスピリンを飲むはずだ。薬局に今でも売っているので、私は驚いたくらいだった。

本当に、こんなくだらない話で何分間かの専門家の時間をつぶしたのは申し訳ないと私は思ったのだが、「私は夫にとってはかなりいい家政婦だと思いますので、あの人は、こういう便利な家政婦を手放したがらなくなっているだけのことなんです」と言った。

自分をいい家政婦だというのも私の思いこみだが、主治医は患者の家庭の内部など分からないのだから、充分にそうかと思わせられる、というものだ。夫に言わせれば、私はいい家政婦どころか口やかましく、気が短くて言葉がきつくて、嫌な女房だと思っているだろうが、私としては世間にいい顔を見せておければ成功である。

夫の主治医は名医であった。私の話を聞くと、医師としてこういうことを言ってはいけないのかもしれないが、自分は人間が死ぬことはほとんど気にしていない。誰でも必ず死ぬからだ。しかし生きているうちの人間の生活の質はほんとうに大切だと思う、と言った。

だからアフリカにも行ってらっしゃい。ただ怪我をすることと、風邪を引くことだけは防ぐように、とのことだった。怪我と風邪を契機に、生活の質も悪くなることが多い。私の場合、怪我で運動能力はかなり衰えたが、生活の質はあまり変化しなかった。

風邪も怪我も、どちらも私の弱いところだった。三回しか入院というものをしなかったが、三回ともすべてが外科的な手術を受けるためだった。

私は間もなくそのドクターのもとを辞して、夕暮れの町に出た。

こんな爽やかな日はなかった。暑くも寒くもない、いい気候だったからでもあろう。しかし私は別の理由を知っていた。私が薬を飲めなくなった、と言ったためだろう、私は手ぶらだった。たいていの患者は医院を出る時、薬袋を持っている。時には中に、これがお菓子だったらどんなにいいだろう、と思うほど多量の、飴玉《あめだま》みたいにきれいな色の薬が入っている。ところが私は何も持っていなかった。

私が今後口にするものは、人間が土の上から採取したものばかりでいいのだ。うちでは今、豌豆《えんどう》がたくさん採れている。レタスもパセリも畑から採ったばかりのものを口にしている。間もなく私は、採れたてのジャガイモもそら豆も食べられる。お湯を沸かしておいて塩を入れ、それから大急ぎでさやをむいたそら豆をほうりこむと、三分か四分で、皮まで柔らかいそら豆が食べられる。そういうものを口にして、動物のように素朴に生き、ある日、命脈尽きて人は死ぬのでいいのである。

五月半ば、私は四十年続けた海外の神父や修道女を経済的に支援するNGOの代表を辞めることになっていた。こんなに続くとは思ってもいなかったのだが、この組織は、修道女たちがしっかりと質素にお金を使ってくれたおかげで、ほとんど誰に盗まれるということもなく、四十年間に十六億円ものお金を貧しい人たちの手に確実に届けられた。

六月のアフリカ行きを前に、私はそういう支援者を招いて、質素な感謝の会をすることにもなっていた。

その会では、四人の司教や司祭たちに感謝のミサを挙げていただき、後のパーティで私が個人的に四十年間感謝し続けていた支援者たちに会ってお礼を言うはずだった。

ついにもう収束の時が来たのだ。しかしそのことは、一つの現実を私に知らせていた。支援者の中には、最後まで、私がついにこの世で会うこともなく終わる人たちがいるということだった。

その中には、設備の悪いアフリカの病院で、患者のためにレントゲンをかけ続けて自分も骨ガンに罹《かか》り、遂に亡くなった医師で神父のスペイン人もいた。有名な作家の一人は、密かにこの組織のためにお金を送り続けてくれたが、私がその方のお顔を見たのは告別式の遺影でであった。出版社の編集者たちの中には、あまりにも違いすぎる生活を送っていた私が、どうしてその方の葬儀に来ているのか、と不審に思った人もいたという。

初期の頃から、私は一部の支援者たちの生活を知っていたが、それは秘密の心のつながりになっていた。三十年近く前、一人の医師の息子がＡＬＳ（筋委縮性側索硬化症）で倒れた後、「私たちの暮らしには悲しいことがあっても、それでも今日食べるものがあり、屋根の下の乾いた寝床で寝ていられます。それができない人たちのことを思えば、私たちはまだしも幸福です」と書いてお金を届けて来た夫人からも、年齢と病気を理由に欠席の通知が来た。

この世には、最後まで生きて会うこともなく終わった方がいい、という人間関係もあるのだ、と私は最近になって思い知った。私はアリストテレスの中で私の最も好きな言葉――「ものごとを軽く見ることができるという点が、高邁《こうまい》な人の特徴であるように思われる」——という個所を思い出していた。私は自分の書いたものに誤植が見つかっても、朝漬けた漬物に失敗しても、それを悔しがって、一日くらいは軽く見ることができない性癖であった。

家へ帰ると、知り合いから電話があった、と秘書が言った。

「大した用事じゃありません、とおっしゃってました。ただ××先生が、今は被災地の方にお勤めだそうです、ということだけお伝えするように、とのことでした」

「あらそう」というだけのことだった。

その方が、二〇一一年三月の福島第一原子力発電所の事故以来、原子力の将来についてどんな考えを持ってそれをどう世間に公表しておられたのか、実は私はよく知らない。私は放射性物質の危険性については、いくら読んでもアタマが悪くて分からないことを発見したので、間もなくその手の記事を読むのを放棄して精神の安静を保ち、以来、生活が健やかになった一人である。私は一人の愚かな国民として、日本の知性の選択に自分を預けることにしたのである。

その方が、自ら放射能の汚染地域に近いところに仕事の本拠を移されていたとしたら、それ以上の答えはないだろう。「安全だと言うなら、自分が原発の傍《そば》に移り住め」とは何度か原発反対論者から聞いた言葉だ。だからこれも、答えの一つだ。もっともその方の転勤の経緯を私はいまだによく知らない。

黙して多くを語らない人たちが、実は一番濃厚な人生を生きていることを、風が告げているような夕方であった。

第17章　高僧の手相

私の家庭は誰もがいい加減な性格で、義憤公憤などというものもめったにないか、あっても一過性で、まあ、国民や知人たちが、どうにか今日一日、おいしくご飯が食べられていればいいだろうと思うような空気がある。

もちろん生き方の趣味も夫婦別々だ。私は途上国へ行くが、夫は歴史と文化の色濃い土地を好む。私は賭《か》け事の趣味はないのだが、カジノに誘われれば、短時間、少額なら賭けてみる。しかし夫は徹底して賭け事をしない。昔私が同人雑誌の仲間と下手な麻雀《マージャン》に付き合っていると、すぐそばに寝転がって本を読んでいるほど、付き合いの悪い性格だった。

ただ私が四十代の終わり頃、急速に視力がなくなった時、夫は私が気を紛《まぎ》らわすことは何でも許してくれたが、たった一つ禁止したことがあった。それは手かざしというのだろうか、手を当てると瞬時に病気が治るというような評判の治療師にかかることであった。

ちょうどその頃、編集者や作家の世界に評判の人がいたらしいのである。長年、痔《じ》で苦しんでいた某出版社の○○さんも、その人に手を当ててもらったら、画期的に良くなったと評判であった。

「その治療師に来てもらうから、曽野さんも来ない?」と誘われた時、私は友人たち

の優しさを感じた。一回の参加費は今でも覚えているが五千円で、治っても治らなくても、それを口実に当時引きこもりがちになっていた私が、人中に出てくればそれだけで気分転換にいいと思ってくれたのだろう。

しかし夫は、その時だけは私がその会合に出ることを許さなかった。私がワラをも摑《つか》みたい心境の人間になっている危険性を感じたのか、迷信にかかわってはいけない、と言うのである。

最近テレビで「今日の運勢」のような時間が減ったように思うのは、私だけなのだろうか。テレビの占いの時間はもともと無責任の典型だった。「オレンジ色のものを身につけるといいことがあります」とか、「今日はパーティに行くと、将来あなたのためになる人に会うでしょう」式のいい加減な予言で、数百万人、或いはそれ以上のお茶の間の視聴者の時間を潰《つぶ》すことになる。これはもう社会悪だ。

テレビの電波というものは、金がありさえすれば個人で買えるというものではない。電波はいわば社会の共有財産だから、そういう時間を使って「今日の運勢」などを流すのは教育的に良くないとずっと私は思っている。

この社会的「時間の浪費」の問題は、考えてみるとなかなか恐ろしいことだ。時々、県知事とか市長の祝辞なるものを聞くことがあるが、たいていは「間違いではないが少しも感動するところのない凡庸なスピーチ」である。仮にその会場に五百人の聴衆がいて、このつまらないスピーチを三分間聞くとすると、計一千五百分、一人の人間の二十五時間分の時間を、人々に浪費させることになる。

だから地方自治体の長というような人は、決して形式的な式辞を、述べたり書かせたり代読させたりしてはならない。その時間の分だけ、必ず聴衆が新しい発見をするような刺激的な式辞を書かねば、大きな社会悪を及ぼすことになる。

テレビの占いの時間が減ったのは、東日本大震災のせいではないかと私は思っている。日本の全占い師は、二〇一一年三月十一日をもって、完全に敗北したと言っていい。もし本当に予言の能力があるなら、あれだけの二重惨事は、はっきりと日時をあげて予告できたはずだろう。アメリカの九・一一の世界貿易センタービルのテロがあった時も、ほとんどの占い師がそのことを予言できなかったらしい。とにかく日本の占い師はあの日をもって全滅したというべきだろう。

まあ原則を述べればこういうことになるのだが、実は私は、科学的に証明できないことでも結構遊んできた実績がある。その一つが手相である。私にいい加減な手相の見方を教えたのは、治療師を強烈に拒否した夫なのだから、我が家がいかにいい加減な人間ばかりかわかるというものだろう。

もっとも「当たるも八卦《はっけ》、当たらぬも八卦だからな」と彼は最初に手相に対する基本的な姿勢を私に示してはいる。つまり信じないで遊べということである。もしかすると手相は、見る時に女性の手を握れるという余禄《よろく》があったから、よかっただけなのかもしれない。ことに旅行中やバーなどでは、見て欲しいという人が必ず出てきて、会話をするのにこんなに他愛がなくていいものはないのもほんとうだった。

こんなことを思い出したのも、最近、或る週刊誌が、天皇陛下の心臓の手術を執刀した天野篤《あつし》先生という方の「神の手」と言われる右手の写真を掲載したのを見たからである。最初私は、それが誰の手相か確認もせず、興味を惹《ひ》かれたからである。理由は、それが実に私の手相とよく似ていたからであった。

もちろんそっくりであるはずはない。しかし手相というものは、最初から全く違う性格を示していると思う場合もあれば、どこか非常によく似ていると思う点がある場合もあるのである。

この外科医の手と私の手相との根本的な違いは、極言すれば一本の筋があるかないかであった。しかしこれはなかなか意味深長な線だと言われているものなのである。私が夫に教えられたインチキ手相見の法則に従えば、この方の知能線は一本で、私は二本なのである。知能線が二本あることは、一本よりいいというわけではない。定型は一本が普通と言ってもいいらしいからである。

私の二本の知能線は、それもかなり違う角度で分岐している。並行していない二本の知能線は、性格の中の分裂的な要素を示す、とも言われている。一本は現実的性格。もう一本は夢想的な性格を示す。とするとこういう矛盾した二本の知能線を持つ人は、二重人格に見え、どちらが本心かわからないことになる。これが人に嫌われる理由にもなる。何しろ内心がぐじゃぐじゃなのだ。ハムレット型の始末に悪い性格である。

外科医が手術の途中で「かく生きるか、さあらぬか、それが問題だ」などとハムレットのように迷っていたら、患者は死んでしまうだろう。ところが小説家は生死にかかわらない架空の些事《さじ》だけを扱っているヒマ人なので、好きなだけ迷えばいいのだ。そういう不必要な線が天野先生の手相にはないのは、天下のために誠に慶賀すべきだということになる。

当たるも八卦、当たらぬも八卦だという基本的な姿勢には立ち続けているが、私は手相のおかげで知識が広がったこともある。

一九九八年に、当時勤めていた日本財団の仕事で、イランに行った時のことだ。その頃財団は、イランに流入していたクルド難民の医療費を出していたので、その実施状況を確認に行ったのである。

援助のお金は、UNHCR（国連難民高等弁務官事務所）を通じて使われていたので、私たちは初め、テヘラン在住のフランス人の所長に会った。その人はなかなか細かい心遣いをする性格で、イスラム社会に私が馴れていないと思ったのだろう、いろいろ現地の高官と会う上での注意をしてくれた。

イスラムというのは、政治経済の上でほとんど女性が出てこない社会である。だから私たち日本財団から行った女性の職員たちも、皆クアラルンプールでイラン航空に乗り換える時から、すでにアバヤと呼ばれる床まである長い上着を着、スカーフで髪を覆っていたのである。そういう服装をしないと、イラン航空は乗せてくれなかったのだ。そんな長着は日本にはないので、私が事前に同行者の分まで、シンガポールのアラブ街で買っておいたのであった。

私はテヘランで、厚生省の部長という高官を表敬訪問することになっていたが、その人はお坊さんだという。イラン政府の高官には、ムラーと呼ばれるイスラム教の高僧がたくさんいるということは知らなかった。

「ですから、彼は曽野さんと握手もしないと思いますし、あなたの顔も見ないかもしれません。しかしそれは彼があなたに悪意を持っているのではないのですから、気にしないでください」

とフランス人の所長は言った。はいはい、わかりました、と私は答えた。実は私も握手という風習が嫌いなので、ちょうどいいと思っていたのである。

挨拶《あいさつ》の形としては、インドやタイなどの合掌が一番自然で慎ましくていい。以前レバノンでは、丁度礼拝前の手洗いを終えたばかりの人が、満面の笑顔で言い訳しながらタオル越しに私に握手の手を差し出したこともあって、女性に触れないという行動は女性を不浄なものだとみなして触らないのだ、と怒ることもなかった。

厚生省での初対面の挨拶は、向こうは胸に手を当てるような仕草で、私は慎ましく視線を落としたまま、日本式の深くはないお辞儀をしたのである。低く頭を下げると卑屈に見えるので、私は外国では極力避けるようにしている。それから頭にターバンを巻いたムラーと私は、向き合うというよりやや並ぶような位置に置かれた椅子に座り、そういう場合に決まって行われる、かなり儀礼的な、しかしいくつかの質問や希望を加えた対話に入った。

ＵＮＨＣＲの所長が言った通り、ムラーが私の顔を見ないとすれば、私も彼の顔をじろじろ見るわけにもいくまい。その結果椅子に座ってからの私の視線は、彼の体の一部、つまり両手の先が見えるだけのラインにきっちりと留めおかれることになった。ムラーは私の左側の椅子に座っている。その場合、彼の両手のうち、右手は手の甲しか見えない。しかし私は、彼の左手の手相を十分に眺めることで、辛うじて、私の性癖となっている人間観察の習慣を満足させられたのである。

その結果は驚くべきものであった。このムラーの左手の手相は、日本人のかなりの卓越した商人や実業家でも、これほどに明確な線はめったにないであろうと思うほど、精神性は全くない、実利的な手相だったのである。

その時まで私はまだ、世界の宗教家というものに対して、実に日本人的な、単純な見方をしがちだったのである。いかなる宗教であれ、僧や尼という人たちは、現世の栄華や権勢を追わないものだ、というような甘い感じ方がどうしても残っていたのである。

これももう昔のことになるが、私は或る骨董《こっとう》市で、有名な寺のご法主と呼ばれるような人が、一個何百万円もする茶碗に見入っている光景を見て不愉快な感情を抱いたものであった。桃山時代のものだと称される一個数百万円の茶碗を愛《め》でることがいけないというのではない。私の趣味ではないが、茶碗に、それだけ惹かれる人がいてもそれは自然であろう。

しかし素朴な心情の私には、形なりとも出家して現世を断ち切ったはずの人が、「砂の器」に惹かれている姿を見るのは、何とも落ち着きの悪いものだったのである。あの方は還俗《げんぞく》して、俗世に戻られ、そこで堂々と茶道具の道楽をされたらいいのに、と私はしきりに思った。

イラン厚生省での会見が終わってから、私はほっとした気分になり、その日も翌日も、イラン独特のイスラム教徒たちの暮らし方などを土地の人たちから学び続けた。その結果、少なくともイランでは（他のイスラム教国はまだ分からないのだが）高僧たちといえども日本のように長く続いた檀家《だんか》というものを持っていないことが分かった。それ故に、そのムラーが、物心両面の権勢を手に入れるには、自分の手で政治的手腕を発揮する他はない、というのである。とすれば、その人が商人顔負けの人集め金集めの才能を持つのも当然なのであった。

私の会ったムラーの、信じがたいほどの権勢や物欲に対する執着を示すと見えた手相の線がそれを示していたとしたら、まぐれ当たりにせよ、面白い結果だったのである。

私の手相の中で、かなり現実に即していると思われるものは、左手にある「マスカケ」と呼ばれる線である。これは手のひらを横切る一本の線で、私はそちらにも二重知能線があるので、ますます不透明な性格になっている。

この「マスカケ」は、よく言えば一つのことに執着できる辛抱のいい性格を表し、悪く言えば「クソツカミ」と言われるほど、転んでも糞《くそ》をつかんで起き上がるような性格を示すということになっている。なんだかあまりいい感じではない。それでいて夢想家の面を持つというのなら、私は一体どういう性格なのだ。

もちろん小説家の仕事は誰でも或る程度辛抱がよくなくては務まらない。一千枚でも二千枚でも、ひたすら原稿用紙の桝目《ますめ》を埋《う》め、時には何年もかかって作品を完成させる他はないのだから、飽きっぽい性格だったら名作どころか駄作も完成しないことになる。

「クソツカミ」というこの汚い呼び名は、確かに私の性格を示しているようだった。世間の人たちは、通常自分の美点を活かして生きるのだろうが、私はどちらかというと仕方なく不運を肥料に生きてきた。強度の近視で人と会うことを恐れていたから、隠れて生きていてもどうにかやっていける偏屈な職業を選んだ。戦争をきっかけに、子供の時は虚弱だった体を頑丈なものに作り変えた。親たちが不仲な夫婦で家が火宅だったから、幼い頃から人の顔色を窺《うかが》うことや、小さな嘘をつくことや、ゴミのような幸せに感動して生きていける現実を知った。

しかしそのおかげで私は小説の作り方も知ったし、くだらない嘘をつくと、それだけで後くたびれるものだということも分かっていた。私に小説を書く才能を与えてくれた原動力はまさにこの家庭の不幸にあったので、私はそのことに感謝もしていたし、小さな幸せしか望まない性格にもなった。まさに「クソツカミ」以外の何物でもないだろう。

手相見が多分「あなたはお金持ちになります」と言うだろうと思う線を私も教わったことがある。しかし金持ちになったからと言って、それで幸福になるとは限らない。お金はあった方がいいが、あった方がいい限度はたかが知れている。

本職の手相見なら、たった一本手相に余計な線があるかないかで、その人の才能の方向は決まるのが分かるというだろう。しかし手相は別にしても、人は誰でも性格の特色を活かしてそれに合った仕事をすれば、それなりに幸せで成功もしやすいということだ。そしてそのことこそが、あらゆる人が現世で占めるべき自分の居場所を示しているのである。

特別に特徴のない手相というものも、世間には確かにあると私は思う。しかしその手の人はそれなりに、まんべんなく他人の行為を受ける愛らしい資質を持っていることが多い。性格は優劣ではなく、ただ限りなく個性の問題だということだ。その個性はしかし宝石の原石だから、自分で磨かなくてはいつまでたっても光らないということだけは、若者達にしっかり言い渡したらいいのである。

第18章

明の中の暗、暗の中の明

理科的な頭脳のない者として、私は原発の未来について語らないことにしている。というか、語る資格がないのである。何となく怖ろしい、という言い方も怖ろしいし、何となく大丈夫でしょう、という言い方も無責任である。

それに、こんなにも日本には賢い専門家集団がいるのだから、その人たちと、選挙による大衆の意思に私は従いたいと思うのである。それで日本が破滅に至るのなら、私もまたその運命に飲まれる一人として、文句はない。

ただどんな指導者といえども、間違っていることはある。

二〇一二年七月十六日の夜、テレビを見ていたら、総理官邸周辺のデモの指導者の一人の坂本龍一さんという方が、テレビの画面で「たかが電気」という言い方をしていた。これは明らかに大きな間違いだ。

戦後、あらゆるものが崩壊して何も無くなった頃からの日本を、私は子供時代からよく記憶している。敗戦当時、日本人はすべてを失っていた。健康も物もお金も未来への展望も、すべてである。持っているとしたら何なのか、と考える人すらなかっただろう。

誰の衣服にもシラミがたかっていた。街は焼けたままの廃墟《はいきよ》。家族まで失った人たちは、野犬のようにその荒廃したままの町を彷徨《さまよ》って、どうにか生きている、という

人もいた。国家の救済機能は一切壊滅していた。戦災孤児になった子供たちを救う金も組織もなかった。彼らは、野犬のように焼跡に住みついて浮浪児と言われた。シラミだらけで、不敵な笑いを浮かべて、物を盗んで生きている子供もいた。

なぜ救わないのか、と現代の人たちが賢《さか》しらな口をきく時、私が微かな怒りを覚えるのは事実だ。私もまたその頃、十三歳だった。しかし私は大人たちに代わって記憶している。多くの大人たちさえも、何一つ持っていなかったのだ。物資も金も健康も体力も、である。

それが敗戦というもののすさまじさだ。東日本大震災では、人々は補償をしろという。補償は明らかにできたらすべきなのだ。しかしあの敗戦の時、日本人は国家から補償を取ろうにも、国家には何もなかった。だから大陸からの引揚げ者や、戦病死者、原爆被害者たちの家族などだけにしかまともな補償はなかった。たいていの家が、家族か、財産か、思い出の品か、希望を失っていたが、どんな被害にも、私たちは黙していた。どこからも出るものはないことを知っていたのだ。

しかしその時、日本人はかろうじて持っているもの……それは物質ではなかったが……を意識していただろう。日本人の国民的な教育レベルの高さ、その知能、勤勉な性格、厳密を愛する気風などである。それらは身についた才能で、焼け出されても、死なない限り、その個人の体についていた財産であった。

他に日本人が持っていたのは、土と水、それに付属した森林、周囲を囲む豊かな海だけだった。メタルもレアメタルも、石油も石炭も、日本には売り物にするほどの地下資源はない、と教えられた。

それから日本人は、電気を作り始めた。素人風に言うと、電気によって物を作り、たとえ輸入したものであろうと、付加価値をつけてそれを売る他、生きる道はないと考えた。私のような頭の明晰《めいせき》でない素人でも、「そんな風に感じた」のである。

私のハイティーンの頃、日本はまだ始終停電した。或いは、電気が溜め息をついた。電球が急に暗くなったり、消えるかと思うと、また息を吹き返したりした。病人か、臨終に近い老人みたいだった。それでも電灯がついているだけましだと思った。

思い出は前後するが終戦間近、アメリカ軍の空襲の激しかった頃、私たちは敵の空襲の目標にならないために、空襲警報のサイレンの鳴る前から、灯火管制を布《し》いた。灯りを消すか、窓を黒い布で覆った。夜毎の警報で眠りが始終さまたげられるので、母は子供の私を庭先に掘ってある防空壕の中で寝させるようになった。

　明日まで生きていられるかどうかの保証のないのが戦争というものだった。私はまだ十三歳だったから生きたかった。だから戦争なんていやだ、というのが率直な感じである。

　ローティーンの時に、都会で戦争に対する恐怖を刷りこまれた人間が、好戦的になるわけはない。ただし、私は平和が訪れてから、世界の途上国をたくさん歩いたので、椅子取りというゲームの基本が、世界の国際情勢の原型だということを知った。とにかくその場に体を張っていて、外から侵入するものがある場合には、それを押し返さねば決して居場所は確保できないということである。

　ごく最近は知らないのだが、少なくとも十年くらい前までのアフリカの田舎路線の飛行機は、よく切符の二重売り（ダブル・ブッキング）をやっていた。席に座っていると、後から大男などがやって来て切符を見せ、「そこは俺の席だからどけ」というのである。たいていの日本人は、そこで驚き慌て、自分の切符を確かめると、自分の切符の日時やフライト・ナンバーもまた正しいのである。

こんなはずはない。スチュワーデスに掛け合おう、などと息巻いて席を立ったが最後、席に戻ってみると、件《くだん》の大男が私の座っていた席に座っている。私が改めて、それは自分の席だから立ちなさいと言っても、男はがんとして立たない。俺の切符が正しいのだから、あんたのが間違いだというばかりである。

スチュワーデスはそういう時、何もしない。出来ないのである。手続きの間違いは別の地上係員がしたことで、彼女の責任の範囲ではない。それで黙っている。あとは、席の使用権を主張する二人が、自己責任において、個別の弁舌や、時には腕力などを使って解決するほかはない。

しかし私は殴り合いはできないから、こういう場合は次の週の便を待たねばならないことにもなる。アフリカ路線では、週一便などというフライトも決して稀《まれ》ではないからである。

こういう世界に通用する力の原則を、日本人だけが理解していないのである。北方四島も、尖閣列島も、大切なのは、この椅子取りの原則を守ることだ。国連などの調停機関は、他人のことには原則無力で冷淡なものだから、いざとなると何も効果的な介入をしてくれないので、儀礼以上に頼ってはいけない。

しかし喧嘩を避けるのは賢い道である。さらに人はどんなに貧しくともとにかく生きなければならない。それで戦後の日本が選んだ道は、純粋に国産のエネルギー、つまり主に水力と一部の火力発電によって、工業立国として成長することであった。そして人々はそれに成功したのである。

日本人は「凝り性」である。私はこの性向こそ、国家的資産だと思っている。電球が溜め息ばかりついていた頃の不安定な電圧が、次第に安定した電力供給が可能なシステムにまで成長したのである。日本のIT産業を伸ばすのに不可欠な上質な電力を作るという道をつけたのは、すべて日本人が持つすばらしい性癖のおかげである。

偶然に私はその間に、水力発電の現場を見続けて来た。初めは小説を書くために必要だったので、土木の勉強をした。しかしもっとも空気を汚さないエネルギー源だと言われた水力発電も、日本社会の通念が決してすんなりと許したのではない。

ダムの建設は自然破壊だ、村が水没することは許せないと言い、長い年月、土木屋たちは、外部の人々とマスコミの多くから敵のように言われながら人里離れたダムサイトで働いて来た。さらに後年、東北の大震災が起きるまで、一部の政治家たちは「もうダムは要らない」と発言するまでになった。

一九九〇年代の後半に、私は中国の揚子江下りの舟遊びに行ったのだが（その年、私は足首を折ってまだ松葉杖をついていたから、船旅なら歩かなくて済むだろうと友人たちが考えてくれた企画だった）、その船には日本語の達者な中国の共産党員が乗り組んでいた。私はその人の朗らかな性格が大好きだったので、尋ねた。

「三峡ダムができると、何人が湛水地《たんすい》から移住することになるんですか？」

「百二十万人だよ」

私はその数の多さに絶句した。完成した後は知らないが、当時言われていたのはそういう数字だった。

「中国って偉大ですね。そういう大工事ができるんですから。日本だったら、百二十人動かすのだって大変ですよ」

「当たり前だよ。日本は世界一の社会主義国だからね」

ということは、中国は少なくとも日本よりは社会主義が稀薄《きはく》だということが、筋金入りの党員から証明されたのだ。

私がせっせとダムサイトに通った背後には、水力発電も、高速道路も、必ず現場で働く人たちが、開発反対という住民パワーを背景にした社会のイジメに遇い続けている面があったからだ。もちろん電力会社が不況知らず、親方日の丸の会社だということも一面の真実であろう。しかし建設の現場は、やはり厳しいものだった。

私は冬は吹き上げる風で気温が零下に下がる谷に面した凍るような土捨て場で終夜

勤務する人の傍にいた。夏は地底の温泉の水脈に近い高熱の盲管のトンネルの先端で、海水パンツ姿のまま数分に一度はドラム缶に満たした湧《わ》き水で体を冷やしながらでしか作業ができない人たちの仕事を、何年にもわたって見て来た。特に苛酷《かこく》な仕事だと、私は言うつもりはない。しかし彼らの多くは、日本の戦後の生きる道が、電力の確保にしかないことを知って、それに使命を感じているように見えた。

水力もダメ、火力もダメ、焚《た》き火もダメとなったら、人はどうして生きたらいいのか。それに代わる方法を、私に教えてくれた人は今までにいない。先日はどこかで、人家の屋上以外の地表に直接放置する太陽光の発電装置の普及は、長い間に地熱を不当に奪うだろうという説まで読んだ。これは農業生産に影響してくるというのである。

ルーマニアのチャウシェスク大統領は一九八九年に処刑されたが、その治世の末期は、物資のひどい不足に国民は悩まされていた。とりわけ厳しかったのは、月に一家族が消費していい熱量が決められている点だった。一種の配給制度であるが、ガスや電気がもしそうなったら、庶民はどのように配分して使うのだろう、と私は考えるだけで気が重くなった。

しかし私の子供時代も配給制度だったのだから、私はそれに従う決意をするだろう。私が常日頃言っているように、国民はいずれかの国に属さねば、現在のところ生きて行けないのだから、愛国心は鍋釜《なべかま》並みの必需品だというのが、私の感覚である。

だから私も大好きな同胞の一人として、最後まで国家の運命に従うつもりであった。しかし何もかもダメで、方法が示されないと、一国民としては生きようがない。

私は四十歳の頃から、小さなNGOで働くようになり、そのお金を出す先の多くが途上国、それもアフリカ諸国が多かった。お金を出す以上、そのお金の使われ方も監督する必要があるというので、私は結果的に、百二十カ国ほどの国を歩くことになったが、その間に一つ見えて来たのは、電気の存在が、民主主義を支えているという事実だった。

つまり電気があってこそ、私たちは誰の精神的支配も受けずに、選挙の時、客観的に対立する複数の候補の意見を聞き、誰にも知られずに自由に投票することができる。しかし電気のない土地では、民主主義に代わるものは族長支配だから、選挙はすべて、族長の言いなりになる。たとえ選挙の表面上の形がアメリカや国連の言う「国民総選挙」の形を取ろうと、選挙の主導権を握るのは、その部族の長である。だから、決して民主的な政治体制は採れないのである。

坂本龍一氏は「たかが電気」と言われたが、決して「たかが」ではない。坂本氏の音楽が大衆に届くのも、私の本が少数ではあっても読者の手に届くのも、すべて電気の力が関与している。私はすべての他者の恩恵を受けて、私たちの現在があることをいつも考える。もちろん私は自分の文学についてだけは、「たかが私の小説」という思いを忘れないことにしてはいるが……。

考えてみると、電気の恩恵は凄《すさ》まじいばかりだ。はっきり言っておくが「電力会社の恩恵」ではない。電気というものの存在が、人間を心身共に生かしている現実である。電気が私たちに食料も与え、医療の恩恵ももたらした。電気があるからこそ、私たちは自由に知識を得、思考と行動の自由を得た。その中でこそ、私たちは民主主義を全うし得た。電気が全くない国、国の中でまだらにしか電気の供給のなされていない国で、完全な民主主義を完成したところはないのである。もっとも電気のおかげで、私たちは戦争も引き起こし、自動車事故による死者も出した。

昔、人は火を使うようになった。火は、人間の生活を大きく拡げたが、森を焼き、人をやけどさせもした。

ノーベルがダイナマイトを発明し、これがノーベル賞の基になっていることは誰でも知っている。ダイナマイトは、血管拡張剤として使われるニトログリセリンを珪藻《けいそう》土《ど》などにしみこませたものだ。ダイナマイトの爆発の効果は、破壊にも建設にも使われる。

すべて人間の発明したものは、必ず明暗両面を持つ。もし人間に叡智《えいち》があるとすれば、その暗の部分を最小限に押さえ、明の部分を使いこなす努力をすることだ。しかし、暗のない明もない。

私が子供の頃、自動車と飛行機は確かに存在したが、今ほど庶民生活の中で密接なものではなかった。自動車に乗ったことのある人は多かったが、それはタクシーかバスで、個人が自家用車を持ってドライブを楽しむという発想はなかった。飛行機に乗った人に至っては、よほど特殊な人だったのである。

自動車も飛行機もいままでに事故で実に多くの人命を殺傷して来た。その総数を考えると恐ろしいほどの数だろう。しかしだからと言って、存在そのものを否定する人はいなかった。どちらも「たかが」ではなく、人間の生活を支える大きな因子だったからである。高速道路における衝突は、人命を一瞬のうちに失わせるものだったが、その弊害を、人間は高速道路を上下線に分離して、同一方向に走らせることで減らそうとした。分離帯を作ることで正面衝突ということは理論上なくなり、追突だけで済むようにしたのである。追突は、自動車の速度を少し落とした状態でのやむを得ないものと考えられたのである。

一度、この地球上に存在したもので、それが消えたものはないという。日本の切腹やインドの寡婦殉死《かふじゅんし》などの慣習はなくなったでしょう、というが、その二つは物質ではなく理念で、しかも消えることで失う命はなかったという特徴を持っている。

私はできれば原発なしに、電気を完全に供給できるようにすることに賛成だ。しかし、それは急にできるものではないだろう。「たかが電気」ではない。人間が創り出したものの中で、電気は、火に匹敵する偉大なものだ。

だから安全な制御法を、人知を集結して考えてもらい、その結果を、できれば私が生きているうちに見たいと願っている。

本書は、『ＷｉＬＬ』に二〇一一年二月号から二〇一二年九月号までに連載された「小説家の身勝手」をまとめたものです。

曽野　綾子（その・あやこ）

作家。1931年、東京生まれ。聖心女子大学文学部英文科卒業。ローマ法王庁よりヴァチカン有功十字勲章を受章。日本芸術院賞・恩賜賞受賞。著書に『無名碑』（講談社）『神の汚れた手』（文藝春秋）、『貧困の僻地』『人間の基本』『人間関係』（以上、新潮社）、『老いの才覚』（ベストセラーズ）、『人生の収穫』（河出書房新社）、『人間にとって成熟とは何か』（幻冬舎）、『夫婦、この不思議な関係』『沖縄戦・渡嘉敷島「集団自決」の真実』『悪と不純の楽しさ』『私の中の聖書』『都会の幸福』『弱者が強者を駆逐する時代』『図解 いま聖書を学ぶ』『この世に恋して』（以上、ワック）など多数。

想定外の老年
―納得できる人生とは

2013年10月2日　初版発行

著　者　曽野　綾子

発行者　鈴木　隆一

発行所　ワック株式会社
東京都千代田区五番町4-5　五番町コスモビル　〒102-0076
電話　03-5226-7622
http://web-wac.co.jp/

印刷製本　図書印刷株式会社

ISBN978-4-89831-412-8